パティシエ☆すばる

番外編

あこがれのウィーンへ

つくもようこ／作　烏羽 雨／絵

講談社 青い鳥文庫

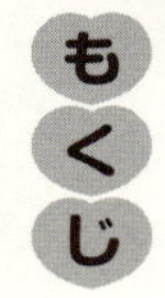

もくじ

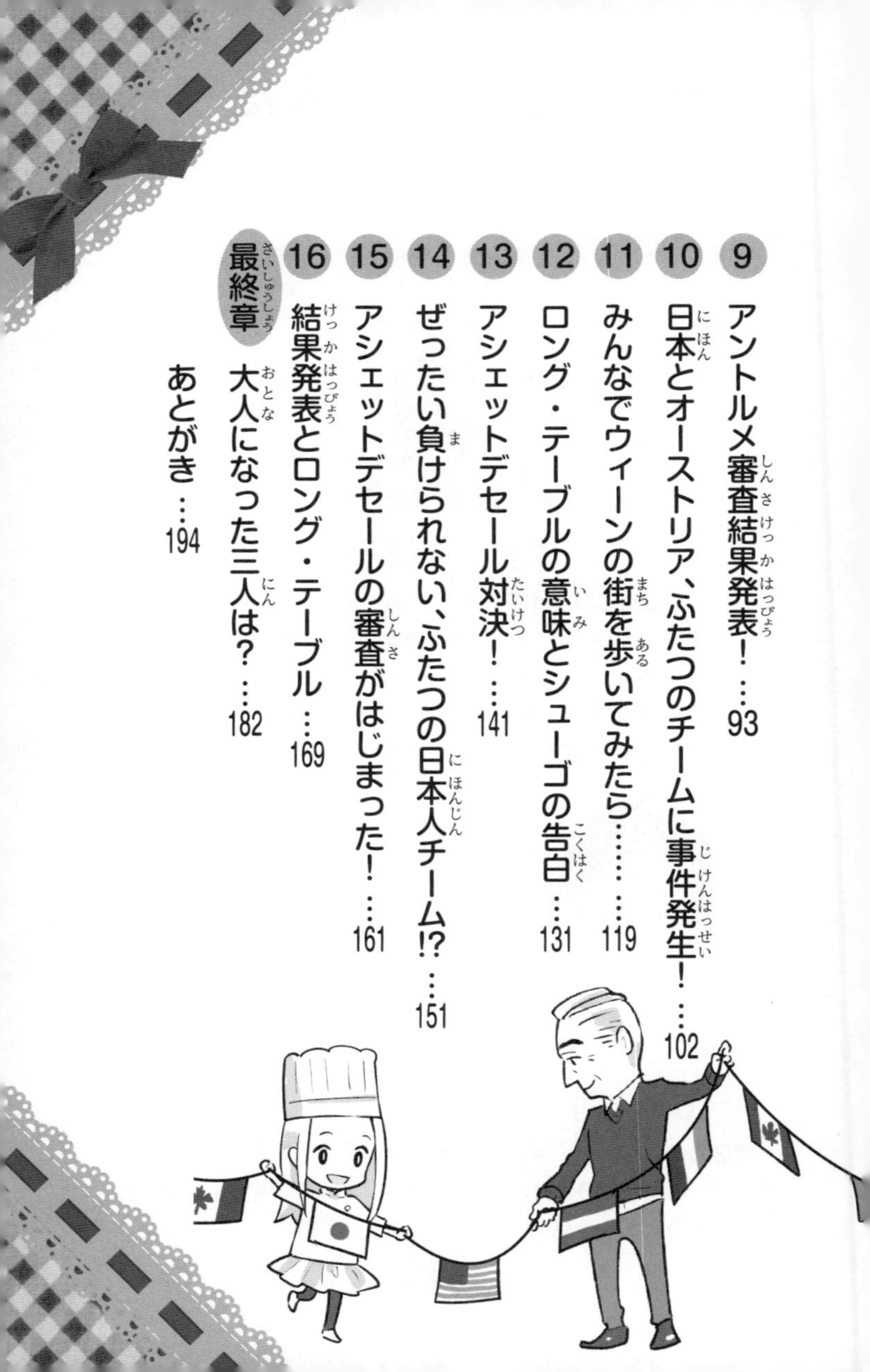

お話に出てくる人たち

星野　すばる

三度のごはんより、スイーツが大好き！　カノン、渚といっしょに、パティシエをめざして修業中。「小学生トップ・オブ・ザ・パティシエ・コンテスト」で優勝できなかったけど、わけあっておじいさんの国、オーストリアのウィーンに行くことに。

山本　渚

すばるの幼なじみ。算数が得意で、お菓子作りの材料の配合の計算はおまかせ！

村木　カノン

すばるの大親友。ファッションセンスがばつぐん。デコレーションが得意。

「パティシエ☆すばる」の

緑川　つばさ

すばるたちの同級生でパティシエ修業のライバル。かわいくて、なんでもできて、いつもやる気いっぱいの女の子。

マダム・クロエ

すばるたちの先生。かつて超人気店の伝説のパティシエだった。いまは注文に合わせてケーキを作るアトリエを開いている。

クラウス・フリーデル

すばるのおじいさん（ママのお父さん）。オーストリア人。すばるのおばあさんの美保子が亡くなってからはウィーンの家にひとりでくらしている。

1　はじめての世界へ、いってきます！

こんにちは、すばるです☆　おぼえていてくれたかな？　パティシエ見習いの、星野すばるですよ！

あのね、いまわたしは〝ある場所〟にいるの。どこだと思う？

ヒント①カノンと渚といっしょです。

「学校」って言いました？　ブーッ、ちがいます。学校ではありません。

ヒント②いまは春休みの真っ最中です。

「クロエ先生のお店でパティシエ修業中。」って答えた人……残念、これもちがうんだ。

わたしたちは、小学校、クロエ先生のお店、自分たちの家から、ずーっとはなれたところにいるの。

正解は、空の上です！　わたしたち三人は、オーストリアへ向かっている飛行機の中にいるの。もちろんクロエ先生もいっしょだよ。

目的地はオーストリアの首都、ウィーン。そこで開催される『ジュニア・ワールド・スイーツ・チャンピオンシップ』に出場するために、空を飛んでいるんだ。（くわしくは『パティシエ☆すばる　パティシエ・コンテスト！　①予選・②決勝』を読んでね。）

世界一の小学生パティシエを決める『ジュニア・ワールド・スイーツ・チャンピオンシップ』は、作った二種類のスイーツの合計ポイントで優勝が決まるんだ。

しかも、守らなければいけないルールがたくさんあるんだ。いままでにない、きびしい戦いになりそう！

最初は『アントルメ』の製作だよ。アントルメというのは、ホールケーキ、つまり切り分ける大きい生菓子のこと。これはクロエ先生のお店でなんども作っているから自信があるんだ。

問題はもうひとつの『アシェットデセール』の製作なんだ。この課題の意味は、『皿盛りデザート』だよ。

ほら、レストランで『コース料理』ってあるでしょう。前菜、スープ、メイン……と、お料理が順番に出てくる、ちょっときんちょうしちゃうメニューね。そのコース料理のしめくくりに出てくるのが『アシェットデセール』。

デザート作りもパティシエの仕事。だけど、わたしたちは作ったことがなかったんだ。『洋食　スプーンとフォーク』を経営するシェフのパパに相談したり、図書館で調べたり、いろいろ勉強して、メニューを考えた。それからクロエ先生のレッスンを受けて、なんども練習したんだよ。

そうそう、このコンテストには、よくわからないところもあるんだ。

『ジュニア・ワールド・スイーツ・チャンピオンシップ』事務局からとどいた書類に書いてある、【優勝したチームの『アシェットデセール』のレシピが、『ランゲ・ターフェル』の最後のひと皿に採用されます】ってところ……。

『ランゲ・ターフェル』の言葉の意味は、ママにきいたら、すぐにわかった。

「これはドイツ語ね。英語で言うと『ロング・テーブル』。つまり『長いテーブル』よ。」

って教えてくれた。ママはドイツ語がわかるんだ。オーストリア人と日本人のハーフだからね。

でね、「なにをするの?」って聞いたんだけど、最近始まったイベントだから、ママは知らないんだって。

『長いテーブル』って、どんなイベントなんだろう?

メニューに採用って、どういうことだろう?

はじめての世界大会は、いままでにないドキドキで胸がいっぱいだよ。

「なぁ、人生って不思議だ。そう思わない?」

となりにすわってる渚が、むずかしい顔をして話しかけてきた。

「どうしたの? 急に『人生』なんて言いだしちゃって……。」

わたしは腕組みしてる渚にきいた。

「だって、不思議じゃないか。『小学生トップ・オブ・ザ・パティシエ・コンテスト』の決勝の全国大会で、村木が『あんなこと』になったから、オレたちはここにいるんだぜ。」

渚がこっちを向いてマジメな顔で言った。

「ホント、あのときはふたりに迷惑かけちゃって……。でも『こんなこと』がまってるとは、思わなかったわ。」

カノンがしみじみとした顔で言った。

「『人生って不思議』。たしかに、そうかもしれない。でもね、これはケーキのおかげだと思う。ジュニア・ワールド・スイーツ・チャンピオンシップ、優勝めざしてがんばろうね！」

わたしはふたりに言った。

「うんっ！」

三人で顔を見合わせた、そのとき――。

ポーン！

低い音がしてシートベルト着用のサインが光った。

「……みなさん、もうすぐ着陸ですよ。」

クロエ先生が英語のアナウンスをきいて、わたしたちに言った。

もうすぐ……。と、思ったらなんだか急にドキドキしてきた。

「はぁ……。」

「すばる、どうしたの？」

カノンが、わたしの顔をのぞきこんだ。

「もうすぐおじいさんに会えるって思ったら、急にきんちょうしてきたぁ……。」

「ひさしぶりなんだよね、何年ぶり？」

カノンがニッコリほほえんできいた。

「最後に会ったのは一年生のときだから、四年ぶり。おじいさんとは、いつも日本で会っていたんだ。ウィーンでおじいさんに会うと思うと、うまく話せるか心配で……。」

わたしは胸に手をあてて答えた。

「だいじょうぶだって。きんちょうなんて、おじいさんの顔を見たら消えちゃうぞ。」

渚が真剣な顔で言った。

うん、そうだね。日本を出て約十五時間、長いながい空の旅が、もうすぐ終わる——。

飛行機がどんどん高度を下げている。キーンという大きな音とともに、ガクンッと飛行機のタイヤが地上についた。

おまたせ、大好きなおじいさん！　あこがれの街ウィーン！

CAのお姉さんに見送られて、飛行機をおりた。大勢の乗客といっしょに、わたしたちは長い通路を歩いてる。

「みなさん、入国手続きです。いっしょに行きましょうね。」

クロエ先生とわたしたちは、入国審査カウンターに進んだ。

「ぐりゅーす・ごっと！」

ママに教えてもらったオーストリアで使う言葉で挨拶して、パスポートを出した。

「グリュース・ゴット！」

制服を着たおじさんが、パスポートの写真とわたしたちの顔をじっと見くらべて、ニコッとほほえんでポンッとハンコを押したよ。

あぁ、きんちょうで足もとがフワフワする……。飛行機に預けた荷物を受けとれば、おじいさんに会えるんだ。

「みなさん、あのグリーンのライトでかこまれている先が、到着ロビーですよ。」

クロエ先生が言った。わたしたちはドキドキしながら、ゲートをくぐった。

「すばる、どう、おぼえてる？　なつかしい？」

カノンがゲートをくぐるなりきいた。

「わかんないよー。まえに来たときは小さすぎて、全部はおぼえてないもん。」

わたしは答えながら、人混みの中で大切な人の顔を探してる。えっと、おじいさんは、どこかな？　到着ロビーにむかえに来てるはずなんだけど――。

あっ、見つけた！　大きく手をふっている。

わたしは、なれないスーツケースをガラガラ引いて歩きだした。ドキドキする気持ちといっしょに、歩くスピードも速くなってる。そして――。

「おじいさん！」

わたしは、目の前のやさしい顔を見上げた。

「ようこそ、すばる。おおきくなったね。」

わたしは自分と同じ瞳を見つめた。茶色がかった緑色の瞳……。まえに会ったときは、ちゃんと見ることができなかった。この瞳の色がキライだったから――。でも、いまはちがう。同じ色の瞳で、ほんとうによかった。

そう思ったら、胸がいっぱいになって、言葉がつづかない。

するとーー。おじいさんがわたしを、ギューッとハグした。

ビックリしたけど、うれしい。こころがやわらかくなって、きんちょうがほどけた。

言葉なんて、いらないね。わたしは、あたたかい腕の中で思った。

「グリュース・ゴット！　こんにちは、わたしは村木カノンです。」

カノンがニッコリほほえんであいさつした。

「……ぐりゅーす・ごっと。山本渚です……。」

人見知りの渚が、きんちょうした声で言った。

「はじめまして。わたくしは黒江周子と申します。ご自宅へお招きいただきまして、ありがとうございます。どうぞよろしくお願いいたします。」

クロエ先生がおじいさんにお辞儀をした。

「カノン、なぎさ、そして※フラウ・クロエ、たのしみにしていました！　さぁ、わがやへあんないしましょう。」

おじいさんがニッコリとほほえんだ。

※フラウ……ドイツ語で、女性の名前につける敬称。

みんなで空港の外に出ておどろいた。

「空がすみれ色だわ。なんてきれいなの……。」

カノンがうれしそうに言った。

きっと夕日が沈んだばかりなんだろうな。明るいむらさき色の空が広がって、ほんとうに美しい。パパ、ママ、スピカねぇ、恒星にぃ、ママの故郷に無事到着しましたよ。わたしは空を見上げてこころの中でつぶやいた。

2 ウィーンの記憶とおばあさんのこと

「あれ、夕日が沈んだばかりなんて、おかしくない？」

さっきまでウットリ空を見上げていたカノンが、クルッとふりむいて言った。

「たしかに！　成田空港を飛び立ったのは朝十一時半。機内食を二回も食べたり、寝たり、飛行機の乗り換えまでしたのに、まだ夕方って、おかしいね……。」

わたしは長い旅をふりかえって首をかしげた。

「そうでしょ？　しかも乗り換えのヘルシンキ空港でずいぶん長い時間まってたのよ。ウィーンへ向かう飛行機に乗り換えてから、二時間半して、やーっとついたんだもの。と、いうことは……。いまは夜中の二時すぎのはずよ⁉」

時間を数えていたカノンが言った。

「なのに夕方……⁉」

わたしはカノンと顔を見合わせた。

「『時差』があるんだから、あたりまえだろ。」

渚があきれた声を出した。

「説明するから、よくきいて。地球は西から東に回転しているんだ。オレたちは東から西へ飛んできたんだから、時間は逆にもどるの。不思議じゃないさ。日本との時差はマイナス八時間。日本の夜中の二時は、オーストリアでは前日の十八時さ。」

渚が歩きながら、説明してる。

「つまり……、わたしたち八時間得しているのね。」

カノンがうれしそうにニカッと笑って言った。

「ずいぶんながいたびだったね。さぁ、くるまを、つれてきます。ここで、まっていてね。」

おじいさんはやさしくほほえんで言うと、どこかへ歩いていった。

わたしのおじいさんは、日本語がとてもじょうず。車は人じゃないから「連れてくる」はおかしいけど、発音もキレイで、顔を見ないとオーストリア人ってことをわすれてしまうんだ。

「すばるのおじいさん、カッコイイなぁ。背が高くて、オシャレだし。うちのじいちゃんとぜんぜんちがう。それに……いいにおいもするっ！」

　渚がわたしを見て言った。

「うん、日本語もじょうずだしね！　おばあさんは日本人だから、結婚してから日本語を勉強したの？　……ってことは、すばるのおばあさんは、もともとドイツ語が話せたの？」

　カノンがきいた。

「ちがうよ。おばあさんはウィーンに住んでから、ドイツ語を習ったんだって。」

　わたしは小さいころに亡くなったおばあさんを思いだして言った。なんどもおじいさんとの出会いを話していたから、よくおぼえてるんだ。

「おじいさんは、日本文化を勉強するために日本の大学へ留学してたんだ。はじめてふたりが出会ったのは、大学の近くのカフェ。そこでおばあさんがアルバイトしていたんだって。」

「なんか、ドキドキしてきた……。それから？」

カノンが目をキラキラさせてる。

「――それからおじいさんの留学期間が終わりウィーンへ帰るんだけど、ふたりは『ぶんつう』してたんだって。二学年下のおばあさんも自分の大学を卒業して……。ふたりは仕事してお金ためて、なんども行き来したらしいよ。」

わたしはおばあさんの顔を思いうかべながら話してる。

「それって『遠距離恋愛』っていうのよね。遠い国に住むふたりの恋が実って、結婚したんだ。カッコイイ！　ってか『ぶんつう』ってなに？」

カノンがわたしに言った。

「ぶんつうとは漢字で書くと『文通』。お手紙のやりとりをすることですよ。みなさんはSNS世代ですから、わからないでしょう。ポストをあけて、お手紙を見つけたときのワクワクした気持ち！　で、星野さん――。おふたりの結婚式はウィーンでなさったの？　それとも日本？」

今度はクロエ先生がきいた。みんなったら、芸能記者みたい。

「ウィーンです。写真を見たことがあります。古い教会でした。その教会の窓からさしこむ光が美しくて、それでママの名前を日本語の『ヒカル』に決めたんだって。」

みんなが知りたがるから、いままで話したことないことをいっぱい答えちゃった。こうして順番に話していると、不思議な気持ちになってきた。

もしも、おじいさんが日本に興味を持たなかったら？

日本に留学しなかったら？

おばあさんが大学近くのカフェでアルバイトしなかったら？

この中でひとつでも欠けたら、わたし『星野すばる』はこの世界にいないんだ。やっぱり渚の言ったとおり、『人生って不思議』だな。

そんなことを考えていたら――。

目の前のロータリーに一台の白いワゴン車が入ってきた。

「すばるー！」

窓をあけておじいさんがさけんだ。

車の中へスーツケースをつめこんで――。

いよいよウィーンの街へ、おじいさんの家へ向かって出発だ。

オレンジ色に照らされた高速道路を、おじいさんの車がビュンビュン走ってる。空港から街へ向かう風景は、日本とあんまり変わらないな。

ときどきあらわれるドイツ語の道路標識を見なかったら、ウィーンにいることをわすれてしまうほどだ。

十五分くらい走ると、少しずつ建物がふえてきた。東京のオフィス・ビルみたいだ。もうすぐ八時、明かりのついているビルが少ないね。

「ウィーンの人たちは、わたしのパパみたいに残業がないのかな。」

カノンが明かりの消えたビルを見てつぶやいた。

「カッコイイ路面電車、とれた！」

渚が信号で止まった瞬間、シャッターを押して言った。

「ろめんでんしゃはドイツごでシュトラーセンバーン、トラムともいうね。トラムはウィーンしないを、あみのめのように、はしっているんだ。そして、これは、『リンク』

をはしる、ろせんだよ。」

おじいさんが楽しそうに説明してる。

「リンクというのは、ウィーンの中心部にある環状道路です。昔は、街の中心部をかべでかこんでいたんです。オーストリア帝国の時代にそこを壊して作った道路ですよ。」

クロエ先生がわかりやすく説明してくれた。

「オーストリア帝国ってとこが、かっこいいな。見て、街並みが変わってきたぞ。ほら、ビルの間に古い建物が見えた！」

渚が窓から指をさした。

車はスピードを落として、大きな通りから細いわき道へ入った。対向車がギリギリすれちがうことのできるこの通りは、アスファルトでなくて石畳みたい。ガタガタゆれるから、すぐにわかるんだよ。

「すばる、あの建物見て。窓の形とか、かべの色とか、すごくカワイイ。」

今度はカノンがしきりに写真をとりはじめた。

ホントにすてき。いかにも歴史がありそうな石造りの建物が、ギュッとくっついてならんでる。それが街灯に照らされて、美しい景色を作っている。

「すごく昔の世界みたい……。いまにもドレスを着た人が扉をあけて出てきそうね。」

わたしは、しみじみ言った。

「うん、わたしたちのイメージどおり！　これこそが『ウィーン』ね。」

カノンもうっとりしてる。

「さぁ、もうすぐつくよ。」

古くて大きな石造りの建物を指さして、おじいさんが言った。車は建物のまんなかにあいた、アーチ形の大きな入り口の中へ入っていった。

「秘密基地へつづくトンネルみたいだ……。」

渚がうす暗いアーチの奥を見てつぶやいた。

「これは『ドゥルヒガンク』。にほんごでいうと……『ぬけみち』だよ。このたてもののおくに、わたしのアパートメントがあるんだよ。」

車はアーチをゆっくりくぐり、そして止まった。

「ここは『ホーフ』、『なかにわ』だよ。ちゅうしゃじょうにつかっているけど、すてきなものも、あるんだ。それは、あしたあんないしよう。さぁ、つきましたよ。」

おじいさんがにっこり笑って言った。

駐車場のすぐ前に古い石造りの建物が建っている。保育園のころ一度来たことがあるんだけれど、こんな建物だったかなぁ……。暗い街灯の下で、わたしはいっしょうけんめい記憶をたどってる。

——ガチャッ。

「さぁ、どうぞ。」

おじいさんが玄関の扉をあけた。

「このじゅうたんのうえで、くつをぬいでね。」

おじいさんが茶色の靴をぬぎ、きれいにそろえた。

「外国の家は、靴をはいたまま入るって、じいちゃんが言ってた。けど、ちがうんだ。」

渚がスニーカーをぬぎながら言った。カノンとクロエ先生も靴をぬいだ。わたしは玄関に立って、家の中をじっと見まわした。

あぁ、このじゅうたん、天井、電気ヒーターが入った暖炉——。ずっとわすれていたけれど、たしかに見た記憶がある。あのときと同じだ。
まるで、小さいころのおもちゃ箱をひっくりかえしたみたい。わすれていたなつかしい記憶が、ポロッポロッと頭の中からこぼれだした。
おぼえてる……。みんな、あのときのままだ……。こころにポワンと明かりがともった。

「みなさん、リビングへどうぞ。すばる、おちゃをいれるから、てつだって。」

「はいっ！」

わたしはおじいさんとキッチンへ入った。キッチンのテーブルの上には、ティーセットが用意されている。

「あっ、このティーカップ、なつかしいなぁ。」

わたしはピンク色のバラもようのティーカップを手にとった。

「そう、おばあさんがたいせつにしていた、アウガルテンという、れきしあるメーカーのティーセットだよ。ひさしぶりにこのセットをつかおうと、きめていたんだ。」

おじいさんがなつかしそうに言った。

「すばる、とだなからこうちゃをだして。くろいカンだよ。」

おじいさんがヤカンに水をくみながら言った。おじいさんの家のキッチンはね、家の大きさのわりにはちょっと狭いんだ。「日本のシステムキッチンになれていると、使いづらいわ。」ってママが言ってた。でも、この距離がいまのわたしにはちょうどいい。

狭いキッチンの中でふたりでいると、会わなかった時間が一気に縮まっていくみたいに感じるんだもん。

「すばる、おかしづくりのコンテストでウィーンにくるなんて、ゆめのようだねぇ……。」

クッキーをお皿にならべながらおじいさんが言った。

「うん！　でも夢じゃないよ。わたしケーキ作りが大好き。あのね、カノンと渚と、ケーキ屋さんを開くって決めているんだ。」

コンロの上でヤカンがシュンシュン音を立てはじ

めた。

「みほこさんも、クーヘンづくりがすきだったんだよ。」

ティーポットに茶葉を入れながら、おじいさんがうれしそうに答えた。わたしの胸が、ドクンッとなった。

「クーヘンってケーキのことだよね、おばあさんもケーキを作ってたの？」

「そうだよ。わたしのおかあさんにならってね。おかしずきは、うけつがれているんだね。」

おじいさんがうれしそうに話しながら、沸騰したてのお湯をティーポットへ注いだ。

「わたしはね、このまえのコンテストで『黒い森のケーキ』を作ったの。おばあさんも作ったかな？」

わたしは「うけつがれている」という言葉がうれしくて、胸がドキドキしてる。

「シュバルツベルダー・キルシュトルテ？　ふくざつなトルテをつくったんだね。おばあさんが、みほこさんがだいすきだったよ。つくったことは、なかったけどね。」

おじいさんは、そう言ってニッコリと笑った。

「あのね、わたしの作る黒い森のケーキはアレンジしたケーキなんだ。今度、作るね。」

「すばる、たのしみにしているよ。さぁ、したくができた。みんなでおちゃにしよう。」

おじいさんがトレイを持って言った。

3 山本渚、オレの人生最大ビックリの日！

やわらかな日差しで目がさめた。

薄目で見た窓に、見たことない色のカーテンがかかってる。それに、天井がずいぶん高いぞ。ここは、どこ？

——あぁあっ！

「そうだ。オレ、ウィーンに来ているんだ。」

気がついて、ガバッと起きた。

はじめて寝るベッド、しかも枕に羽根なんか入っていて、フワフワでなかなか寝つけなかったけど——。いつのまにかぐっすりねむっていたみたい。

オレはベッドからおりてグーンとのびをした。時差のぶん、ずいぶん長く起きていたけど、つかれてない。めちゃくちゃ元気だぜ。

カーテンをいきおいよくあけて窓の下を見たら、小さな公園のようなスペースがある。

あれ？ すばるだ……。

あそこは、たしか「ホーフ」、車を止めた中庭だ。いそいで着がえて中庭へ出てみた。

空気がキーンとしてる。S市より寒いな。地球儀で調べたら、オーストリアの緯度は、北海道の最北端、稚内よりずっと北なんだぜ。稚内っていまごろでも雪ふってるんだよな。それより北なのに、ウィーンはそこまで寒くないぞ……。なんでだろう？

なんて考えながら、石畳の中庭を歩いてる。

きのうは暗かったから気がつかなかった。駐車スペースの向かい側に大きな木が一本植えてある。そのまわりには花壇と大きなベンチがひとつ。そのベンチに、すばるがひとりですわって空を見上げてる。

「おはよう、すばる！ 早起きなんだな。」

声をかけた。すばるがハッとしてオレを見た。

「おはよう！ 見て、空が四角いの。」

そう言ってまた空を見上げた。オレもとなりにすわってみた。

「ホントだ。なんだか、不思議。四方が建物でかこまれているのに、窮屈に感じない。まるで、自分だけの空を見ているみたいだ。」

オレは空を見上げたまま言った。

「グーテン・モルゲン！　ふたりとも、はやおきですね。」

おじいさんの声がした。

「おはようございます、グーテン・モルゲン！　この中庭、すごくいい感じ。駐車場っていってたけど、小さな公園みたい。」

オレはおじいさんに言った。

「いいでしょう。わたしもだいすきです。ここをつくったのは、すばるのおばあさんのみほこさんなのです。ここにすむひとたちをせっとくして、きをうえ、かだんをつくったんですよ。」

おじいさんが愛おしそうな顔で木を見上げた。オレはすっかり葉を落とした木の幹に、そっと手を触れた。あっ、これは——。

「桜の木！」

オレとすばるが同時に言った。

ザラッとしていて、固くて、皇子台公園にある桜の木と同じ手触りだから、すぐわかった。おじいさんが、ニッコリうなずいた。

こういうことなのか……。おばあさんが亡くなってからも、おじいさんがここにひとりで住んでいる理由がわかった。

いまは固い桜のつぼみ。もうすぐほころんで、花が咲く。花がちって、緑が茂って、紅葉して……。すごく、美しいだろうな。

ここには、おばあさんといっしょに見た景色があるんだ。

「渚ー、おじいさん——。」

「グーテン・モルゲン！」

「おはようございます。」

村木とクロエ先生がやってきた。

「ふたりともここにいたの？　そろそろはじめるよ。」

村木が言った。

わすれてた！　朝のごはんは、すばるといっしょにパンケーキを作る約束だった。

パンケーキとフルーツ、紅茶の朝食を用意したよ。おじいさんもすごくよろこんでくれたし、ホントよかった。

さぁ、そろそろ出かけるぞ。今日は『ジュニア・ワールド・スイーツ・チャンピオンシップ』本番まえの大事な会場見学だ。


「いってきます。」

オレたちは、おじいさんの家からトラムに乗って会場へ向かうことにした。

乗り方はしっかり頭に入ってる。まず、売店で「24時間券」という乗りおり自由の切符を買う。トラムの停留所は、標識にSTRASSENBAHN HALTESTELLE って書いてあるんだ。オレたちが乗るのは、②番だ。まちがえないようにしなくちゃ。

トラム乗り場は、電車のホームよりずっと狭い。車道に平行して、少し高くなっているだけなんだ。家族旅行で行った広島市の路面電車の停留所と似ているよ。

十分くらいしたら、赤と白のツートンの電車が来た。

すばるがドアの横についたボタンを押すと、ゆっくりドアが開いた。トラムってボタンを押さないとドアが開かないんだって。車内にはいろいろな国の人が乗ってる。ウィーンは、世界じゅうから観光客がおとずれる人気の街なんだな。

「見て！　すごく美しい教会が見えてきた。」

村木が窓から指をさした。

「あれは『シュテファン大聖堂』ですね。ウィーンのシンボルですよ。」

クロエ先生が地図を指さして言った。トラムが止まるたびにたくさんの人が乗りおりする。

オレたちはオペラ座前の停留所でおりて、今度は①番のトラムに乗り換えた。

王宮、美術史美術館、国会議事堂――。リンクを走るトラムに乗っていると、車窓から有名な建物を見ることができる。

「クロエ先生、地図と照らし合わせていると、自分がどこにいるかよくわかります！」

すばるが地図を見ながら言った。

「うん、よくわかると、ウィーンを身近に感じる。きのうついたばかりだけど、わたしウィーン大好き！」

村木がニッコリしてる。オレも同じ気持ち。景色は美しく乗り物は機能的、なんてステキな街なんだろう。

「ほら、会場が見えましたよ。」

クロエ先生が窓の外を指さした。ビルの合間にどっしりとした、美しい大きな石造りの建物が見えた。

なんてりっぱなんだろう。

「あの建物はウィーン市庁舎。市庁舎前広場の特設会場が『ジュニア・ワールド・スイーツ・チャンピオンシップ』の会場です。」

クロエ先生が静かに言った。

そうそう、『ロング・テーブル』について、きのうおじいさんが説明してくれたよ。長いテーブルを並べて大勢の人が同時に食事をするイベントなんだって。楽しそうだな。

「おじいさんが『コンテストが終わったら、市庁舎前はロング・テーブルのメイン会場になる。』って言ってたね。」

すばるが思いだしたように言った。

メイン会場があるなら、ほかにはどんな会場があるのかな？　オレは、ふと思った。

ブルク劇場前の停留所でトラムをおりて、市庁舎をめざして歩きだした。遠くから見ても大きい建物は、そばで見たらとんでもなく大きかった。

市庁舎前広場に造られた特設会場も、かなりりっぱだ。全体がシルバーの骨組みとまっ白いパネルでできてる。入り口は、大きな透明のドアが二か所にあるぞ。

イベントが終わると解体される『仮設の建物』だってきいたけど、ぜんぜん『仮設』には見えないな。

「皇子台小の体育館より、大きいみたい……。」

村木がつぶやいた。

「市庁舎前広場では、いろいろな催しが開かれるそうです。とくにクリスマスマーケットは有名です。今度は冬に来たいですね。」

クロエ先生が楽しそうに言った。

セキュリティー・チェックを受けて、会場の中へ入った。

正面に大きな看板がかかげてある。読めないけれど、きっと『ジュニア・ワールド・スイーツ・チャンピオンシップ』って書いてあるんだろうな。

会場の中は、寒くはないけれど、あたたかくもない。スイーツを作るには、ちょうどいい室温だ。

「わぁ、テレビの人たちがいる。つばさちゃんの言ってたとおりだわ。」

村木がカメラや照明を持っている人たちを見て言った。そうなんだ、この大会はネットテレビで配信されるらしい。

すごくないか？　オレたち、世界じゅうの人たちに見られちゃうんだぜ。

「つばさちゃんにはネットテレビじゃなくて、ナマで見てほしかったなぁ～。」

オレはしみじみ言った。

「渚、やる気をそぐような声出さないで。」

村木がオレの顔を見ないで言った。

「見て、オープンキッチンに国旗がついてる。」

すばるがキッチンエリアを指さした。

オーストリア、カナダ、中国、フランス、イタリア、日本、シンガポール、アメリカ——出場する八か国のキッチンが横一列にならんでいる。

三人で日本の国旗がついたキッチンの前に立ってみた。

やる気がフツフツとわいてきた。

「こんにちは、みなさん。」

明るい声がした。

「わたしは日本チーム担当のアテンド、ラーザです。よろしくお願いします。」

キレイなお姉さんが日本語で話しかけてきた。

「こんにちは、クロエと申します。さぁ、みなさんも自己紹介して。」

クロエ先生が言った。

国際大会は、通訳したり、器具の操作の手助けをしたりしてくれる『アテンド』という係の人が付き添ってくれるんだよ。ラーザさんっていうんだ……笑顔がキラキラ、すてきなお姉さんだな。

「はじめまして。村木カノンです。」

「こんにちは、星野すばるです。」

ふたりがあいさつして、ギュッと握手してる。オレも手を出して名前を言おうとした。

そのとき――。

えっ⁉

目の前を「アイツ」が横切った。

心臓がものすごい速さで動きだした。

まさかっ、見まちがいさ……。それにここは、オーストリアのウィーン。しかも、『ジュニア・ワールド・スイーツ・チャンピオンシップ』の会場だ――。

アイツがいるわけが、ない。

オレは、こころの中で自分に言いきかせた。でも、心臓のドキドキは大きくなるばかり。だれかがなにかを言っているみたいだけど、ちっとも耳に入ってこない……。

4 ビックリの正体は……!?

「……ぎさ、渚ってば。失礼だよ。ちゃんとあいさつして。」

村木がオレの横腹をつついた。

「あっ、ごめんなさい。山本渚です。」

ペコッとお辞儀して顔を上げたら、またアイツが視界に入った。まちがいない、ぜったいそうだ。

「アイツがいる!?」

「だれ？　渚、どうしたの？」

すばるが顔をしかめた。

「アイツだよ！　ほら、見て。まちがいない……。あれはシューゴだ。」

オレはシューゴを目で追いながら答えた。身長がのびている。髪型がオシャレになってる。ちょっと色が白くなってる。だけど、笑うとほお骨がキュッと上がる、あの顔はぜったいシューゴだ。

「シューゴって、野崎修吾くん⁉　……ほんとうだ。見て、すばる。」

「うっそ！　でも、あの顔は修吾くん……。」

村木とすばるがつぶやいた。ふたりの顔ったら、幽霊を見ているような顔だ。アテンドのラーザさんが、目をパチパチさせている。クロエ先生もおどろいてる。

説明しなきゃ――。

わかってる、わかってるけど――。

目の前の事実におどろきすぎて、どう説明していいかわからない。

「みなさん、落ちついて。ちゃんとわかるように説明してください。」

クロエ先生が言った。

「はい……あそこに、渚の親友の野崎修吾くんがいるんです！」

すばるが答えた。

「二年生のクリスマスに引っ越していった、シューゴくんがいるんですっ！」

村木が大声で言った。

「あっ、女の子がふたり来た。日本人かな？　三人で仲よくしゃべってるよ。」

すばるがオレを見た。

うん、三人になった。オレには気づいてない。そして、こっちへ来るっ！

「ラーザさん、日本チームはもうひとつあるのですか？」

すばるがきいた。

「いいえ、そんなことはきいていませんよ。」

ラーザさんが書類を見て言った。

「見て、三人がＡＵＳＴＲＩＡって書いてあるキッチンへ入っていく……。」

村木が目をまんまるくして言った。これは、どういうこと？

ずっと連絡がとれなかったアイツ。二年生のクリスマスイブに別れたアイツが、三年たったいま、オレの目の前にあらわれた……。

ここ、ウィーンで！　しかも『ジュニア・ワールド・スイーツ・チャンピオンシップ』の会場で！

「たしかめてくるっ！」

オレはオーストリアのキッチンへ走った。村木とすばるがバタバタとついてくる。

「シューゴ……!?」

「えっ？　渚……!?」

シューゴがオレの名前を呼んだ。本物だ。『人生は不思議』って思ってたけど、そんなんじゃ足りない。『人生はビックリ』だ。

「すごい、星野さんと村木さんまでいる！」

そう言いながらシューゴがキッチンから出てきた。

「シューゴ、なんで、どうして？」

三年ぶりに会ったのに、いきなり質問をしてしまった。

「どうしてって？　ケーキを作りに来たのさ。渚たちこそ、どうしたの？」

「ケーキを作りに来たって？　ここ、『ジュニア・ワールド・スイーツ・チャンピオンシップ』の会場だぞ。ってことは、コンテストに出るの!?」

オレはビックリしてきいた。シューゴは、

「うん！」

と言って笑ってる。

あぁ、この感じがシューゴだ。ホワンとしたしゃべり方で、言葉が足りないんだけど、みんながホッとしちゃう。

『頼りない』って言われるけど、オレは知ってる。じつは芯が強いんだ。一度決めたら、最後までやり通すヤツなんだぜ。

あぁ、うれしいなぁ。

シューゴもオレたちと同じ夢を持っているなんて……。

二年生の冬に別れた親友のシューゴが、オレと同じパティシエをめざしているんだ。こんなこと、考えてもみなかった。

やっぱり『人生はビックリ』だ。

「ねえ、ちょっとまって。ここって……。」

村木がむずかしい顔をして、キッチンについたオーストリアの国旗を見つめた。

「ボクらはオーストリアチームさ。ねっ！」

シューゴが女子ふたりに向かって言った。

「いっしょにチームを組んでいる植村こまきさんと、北川桜子さんだよ。」

シューゴが紹介した。

「こんにちは、植村です。おどろいた、まさか野崎くんの友だちが日本代表なんて――。」

ポニーテールの植村さんがじっとオレらを見てつぶやいた。人見知りなのか、北川桜子って子が、ききとれるギリギリの声で「よろしく。」ってささやいた。

「えっと、オレは山本渚。そんで背の高いほうがすばる、こっちが村木。」

オレは簡単にふたりを紹介した。

「星野すばるです。わたしたち、ウィーンに住んでる、わたしのおじいさんの家に泊まっているの。おたがいがんばろうね。」

すばるがニコッとした。

「村木カノンです。ねぇ、日本人チームでオーストリア代表って、どうしてなの？」

短い自己紹介をして、村木が質問した。

「ボクたち、オーストリア代表チームを決める予選にエントリーしたの。予選は、オース

トリアに住んで、学校へ通っている十歳以上の子だったら、だれでも参加できるんだ。」

シューゴが答えた。

「わたしたち、W・インターナショナルスクールの五年生なの。」

北川さんが、さっきより大きめの声で言った。ってか、よく見るとカワイイぞ。ちっちゃな顔、ピンクのほっぺ、黒くて大きな目……。

「わたしたちの学校はね、オーストリアに住むいろんな国の子たちが通っているの。予選会には学校のお友だちも、たくさんエントリーしたのよ。もちろんオーストリアの子もエントリーしていたけどね。」

ポニーテールをゆらしながら、植村さんが説明してる。つばさちゃんみたいに、しっかりしてる女子だな。

「その予選でボクたちが優勝して、オーストリア代表に選ばれたんだ！」

シューゴがキリッと胸をはった。

「スゲーなぁ。がんばったんだ……。だけど優勝はオレたちだよ。この大会のために、練習を重ねてきたんだぜ。あっ、そうだ――。」

オレは飛行機の中で見ていた『勝利のレシピノート』を出して言った。

「これ見て！　注意すること、大切なことをまとめてあるんだ。これがあれば……。」

オレとシューゴが話していると、北川さんが、グイッと間に入ってきた。

「ふたりとも、もういいかしら？　オーストリアチームとしては、そろそろキッチンの点検がしたいんだけど。」

キリッと言った。

植村さんが、ハッとしてキッチンへもどった。シューゴは肩をすくめて、

「じゃあ、またね。」

と言った。

あれ？　シューゴってこんな顔もするんだ。オレは少しとまどいながら、オーストリアのキッチンをはなれた。

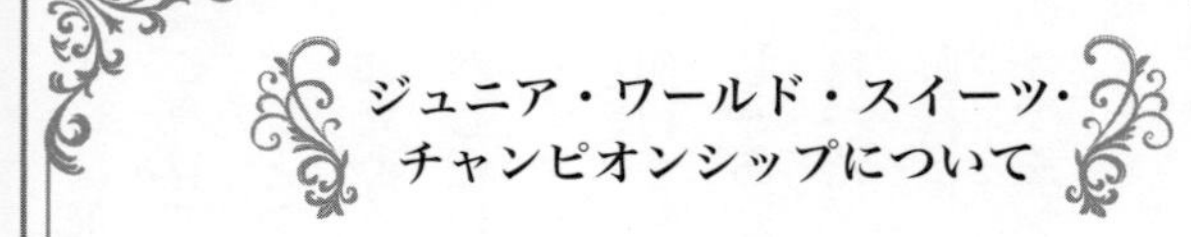

ジュニア・ワールド・スイーツ・チャンピオンシップについて

課題は２点。アントルメとアシェットデセール。それぞれの規定にそって製作する。初日の開会式でアントルメをのせる台紙と白い皿、アシェットデセールをのせる白い皿８枚が手わたされる。

●１日目のアントルメ製作規定
①直径18～18.5 cm 、高さ５～5.5 cm 以内のホールケーキを作る。
②台紙の上で仕上げ、白い皿にのせて完成とする。
③３時間以内で完成させる。ただし下準備時間あり。超過した場合は減点。
④ケーキのカットはカッティング担当のパティシエが行う。
⑤かたづけ清掃は審査結果発表後30分以内で完了させる。時間超過、清掃不十分は減点。

●２日目のアシェットデセール製作規定
①直径32 cm の白い皿８枚に盛りつけて完成とする。
②ロング・テーブルのデザートのひと皿となることを意識する。
③２時間以内に８皿作る。下準備時間なし。

☆１日目は８時から会場入りをし、下準備をしてもよい。製作開始は11時。
☆出場者、関係者のために軽食をとるカフェの用意がある。
☆審査員は８名。審査結果は試食後すぐに集計し発表する。

●審査方法
・芸術性　・技術力　・味のバランス　・オリジナリティ
以上４項目を１～５点で採点。アントルメとアシェットデセールの合計点数が高いチームが優勝。

5 ジュニア・ワールド・スイーツ・チャンピオンシップ、一日目です！

おはようございます、カノンです！　いよいよ『ジュニア・ワールド・スイーツ・チャンピオンシップ』がはじまります。

きのうは超ビックリがあったんだけど、それがわたしたちのやる気をグーンとアップさせてます！

一日目の今日は『アントルメの製作』です。

わたしたちは、クロエ先生とおじいさんといっしょに八時半に会場へ入りました。開始時間よりずいぶん早いけど、会場の中はほとんどのチームが集まっています。

アントルメは下準備作業をする時間がもうけられているの。ケーキのデザインによっては、一から作っていては制限時間の三時間ではまにあわないからね。

「では、星野さん、村木さん、山本くん。わたしたちはキッチンエリアには入れません。

いままで練習してきたのです。自信を持って製作してください。」

クロエ先生がわたしたちの顔をひとりひとり見つめて言った。

「みなさん、がんばって。おうえんしていますよ！」

おじいさんがきんちょうした顔で言った。

「はいっ！」

わたしたちは元気に返事をして、日の丸がついたキッチンへ向かった。

「うわぁ、ほとんどのチームが、もう作業をはじめてる……。」

渚がキッチン・ブースを見て言った。

「負けていられないね。わたしたちも、はじめよう！」

わたしはコックコートに着がえ、日本から持ってきたホイッパーやパレットナイフを出した。

わたしたちの下準備は、ふたつ。クッキーの生地作りと、コンフィチュール作りだ。

はじめは、コンフィチュールの下準備から。

いちごとラズベリーをなべに入れ、グラニュー糖をまぶした。

そして、クッキー生地作りだ。わたしは室温にもどしたバターを、カードを使いボウルの中で細かくカットする。そこへ、すばるがグラニュー糖をサラサラとくわえた。

手の温度でバターがベタッとならないよう、素早くまぜなくちゃ。

「いい感じだね。」

すばるがうなずくと、渚がサッとふるった小麦粉と卵を出した。

「サンキュー！」

ずっといっしょにお菓子を作っていると、基本の作業はおたがいなにも言わなくてもできるんだ。次になにをするべきか、なにをしたら、作業が手早く正確に進むか……。おいしいケーキを作るには、つねに考えて行動すること。

わたしたちは、クロエ先生から学んだんだよ。

あのね、このクッキー生地は型ぬきクッキーを作るんじゃないの。ケーキのいちばん下にしくベースにするんだ。

「村木、サクッのためには、スリスリ、ギュッだぞ。」

渚が『勝利のレシピノート』に書いた言葉を言った。

ケーキは、『タテ』を食べる。口に入れたとき、いろんな食感を味わってほしいから、いちばん下にクッキーをしくことにしたんだ。

クッキー生地をまぜるとき、こねてはサクッとならない。手のひらで、材料をすり合わせるようにしてまぜるんだ。

これが、ポイント！　でも、手がつかれてきた……。

「カノン、交替しよう。」

すばるがサッと手を出した。スリスリ、ギュッ、スリスリ、ギュッ！　みるみる生地がまとまっていく。

「うん、完成だ。」

渚がひとつになった生地をラップでつつみ、冷蔵庫へ入れた。

次はコンフィチュールね。

コンフィチュール、つまりジャム作りだ。ストロベリーとラズベリーをグラニュー糖で煮つめて作る。わたしたちはこれを『ベリーベリーコンフィチュール』って呼んでるの。

ツヤツヤした美しい赤い色とさわやかな酸味を出したくて、ずいぶん試作した結果、香りのいいいちご、酸味がさわやかなラズベリーを合わせることにしたんだ。

「おっ、いちごとラズベリーから出た水分でグラニュー糖がしっとりしてる。」

渚がなべをのぞいて言った。

コンロの火をつけて、こげないように煮つめよう。ういてくるアクをていねいにとって、コトコト煮つめていく。

ベリーたちがやわらかくなってトロッとしてきたら、仕上げにレモンのしぼり汁をくわえる。大切なのは――。

「ツヤツヤまでフツフツフツ……。」

わたしは、ノートに書いたことを思いだしてなべの中を見ている。なべの縁についたコンフィチュールは、こげるまえにとらないと……。水でしめらせたゴム製のハケで、ハネたコンフィチュールをていねいにぬぐう。

キレイな赤い色の泡がフツフツと立っては消えて、やがて全体がツヤツヤになった。

「いい感じ、完成！」

コンロを止め、素早くバットへ流し、一気に粗熱をとった。

ルビー色のベリーベリーコンフィチュールのできあがりだ。

わたしたちの下準備は、これですべて終了だ。あまり準備しすぎると、本番ですることがなくなる。それでは審査の点数が、のびないからね。

あとかたづけをしていたら、きいたことのない言葉がきこえて、ハッとした。

「パーテーションでしっかり仕切られてて、ほかのチームが見えないから、作業に集中できたね。」

「うん、集中して作業しやすいキッチンだね。」

すばるがニッコリしてる。

「この調子で本番もがんばろうな！」

渚が力強く言った。

ザワザワしている会場に、アナウンスが流れた。時計を見たら、もう、十時三十分になっていた。

「開会式のはじまりのアナウンスです。みなさん、こちらへ来てください。」

ラーザさんが言った。

集合場所は、キッチンセットの裏側だった。

「なんだかうす暗いな。シューゴたちは、どこだろ？」

渚が言った。

「国名のアルファベットの順番で紹介されるんだから、オーストリアとははなれているよ。それより見て。コックコートにバターのしみがついてる……。ねぇ、目立つ？」

わたしはそで口についた油じみが気になってしかたがない。

「ぜんぜんわからないって。それより背が高い人多いね。それに男子も。これならわたしも渚も目立たなくていいね。」

すばるがまわりを見ながら言った。そのとき――。

会場に司会者の声がきこえてきた。いよいよはじまるんだ――。

ドイツ語と英語のアナウンスは、ラーザさんがいないと、なにひとつわからない。

外国語を学ぶことって、大事なんだな。

「ねぇ、日本に帰ったら英語をもっといっしょうけんめい勉強しようね。」

わたしはけっこう本気で言ったのに、すばるったら、キョトンとした顔でわたしを見つめてる。

渚は返事もしないで『勝利のレシピノート』を見てる。

「渚？」

すばるがノートの上にスッと手をかざした。

「わっ！　なに？　最後の点検してるのに……。」

渚が真剣な顔で言った。

「気合入ってるね、でも、もうすぐ入場！」

すばるに注意されて、渚がノートをコックコートのポケットへ入れた。

出場チームの入場がはじまった。すごくドキドキしてきた……。オーストリア、カナダ、中国……。国名が呼ばれていく。

いよいよ日本チーム入場だ。わたしたちは登場ゲートに、立った。

「チーム・ジャパン！　ホシノスバル、ムラキカノン、ヤマモトナギサ！」

名前が呼ばれた。めっちゃ明るいライトがわたしたちを照らしてる。

うわっ、まぶしい……!!

三人でピシッとお辞儀をして、日の丸がついたキッチンへ歩いた。

わたしは前を見て、静かに深呼吸をした。となりに立つすばると渚も静かに前を見ている。いろんな国の人が、わたしたちを見つめている。

最後のアメリカチームが紹介された。いよいよ世界一の小学生パティシエを決める、戦いがはじまる！

キッチンエリアのななめ前に司会進行の席がある。そのマイクの前に、大きなおなかの

パティシエが立った。

「……5、4、3、2、1、start!」

製作開始！　残り時間を知らせるデジタル時計が、動きだした。

【2：59：59、58、57……】

ジャーッ！　カチャカチャ……。右から、左から、いろんな音が鳴りだした。

わたしたちは、キッチンの中央で肩を組んだ。渚が声を出す――。

「最高のアントルメを作るぞ！」

「はいっ！」

気合を入れて、製作開始！

この大会はきびしい決まりがあるんだ。アントルメの製作基準は、直径十八～十八・五センチ、高さ五～五・五センチ。

これを守らなければ、どんなに美しくおいしくても、点数が減点されてしまう。

この基準を知ったとき、わたしはかなり落ちこんだの。だってさ、わたしの得意技はデコレーション。クリームの飾りしぼり、とっても自信があるんだ。

でも、高さ制限を守ってクリームを飾ろうとしたら、下のスポンジ部分をうすくしなくてはいけない。それでは味のバランスが悪くなってしまうんだ。

だってケーキは『タテ』を食べるからね。『おいしさ』と『美しさ』のバランスがいいケーキが決まらなくて、ホント悩んだ。

そのとき、すばるが言ったんだ。

「テーマを決めて考えよう。」

ってね。わたしたちがこのコンテストでつけたテーマは『あこがれのウィーン』。アシェットデセールもアントルメも同じテーマにしたら、イメージが広がって、アイディアがどんどん生まれたんだ。

どんなケーキかって？　それはあとのお楽しみ☆　さぁ、製作開始！

直径約十八センチ、高さ約五センチの中で、『あこがれのウィーン』を表現します。

最初の作業は、三人バラバラだよ。渚はスポンジケーキのタネ作り、クッキー生地はすばるで、わたしはムース担当だ。

——カカカカッ！

渚がボウルを温めながら卵をホイップしている。

人見知りで、新しい場所になれるまで時間がかかるのに、今日の渚は別人みたい。

「渚、飛ばしてるね……。」

下準備しておいたクッキー生地をのばしながら、すばるが言った。

「だってシューゴには負けられないから！」

渚は顔を上げて、ニカッと笑った。

クッキー生地は冷蔵庫の中で寝かせておいたから、しっとりして、よくのびている。

すばるがのばした生地をめん棒で巻きとると、天パンの上に運びクルクルッとめん棒を回転させた。こうすると生地をきれいに移動できるんだ。

直径十八センチのセルクルという丸い型をあて、まわりの生地をとればケーキの下にしくクッキーの準備ができあがりだ。

「オーブンをお願いします。」

すばるがラーザさんに声をかけた。

「ピケは？」

わたしは卵白を泡立てながら、すばるにきいた。ピケというのは、生地に細かい穴をあけることよ。オーブンの中でクッキー生地がふくらまないようにするためなの。

「ピケ、しました！」

すばるが答えた。

「村木、ムースは？」

渚がスポンジケーキの型に生地を流しながらきいた。

「うん、もう少し！」

『あこがれのウィーン』をテーマにしたアントルメは、ムースでスポンジをはさんだケーキなんだ。

『ベリーベリーコンフィチュール』が、とっても大切なの。鮮やかなルビー色のジャムが、わたしたちのケーキのポイントなんだ。

生クリームをホイップした。次にゼラチンをふやかし、ベリーベリーコンフィチュールを裏ごしする。

ムースの材料がそろったぞ。

「カノン！」

すばるがタイミングよく、サッと湯せんなべと小さなボウルをさしだした。

「グッドタイミングだよ、ありがとう。」

わたしはそのボウルの中に少量のベリーベリーコンフィチュールとふやかしたゼラチンをくわえて、湯せんにかけた。ゼラチンが完全にとけたら、もとのベリーベリーコンフィチュールの中へもどし、ホイップクリームをくわえてゴムベラでまぜる。

「いい色だね！」

すばるが声をかけた。これを直径十八センチ、高さ一センチのセルクル二枚に注ぎ、冷蔵庫で固めるんだ。

オーブンからクッキーの焼けるにおいが漂ってきた。はじめて使うオーブンはタイマーまかせにしてはいられない。すばるがサッとオーブンの前へ行った。

「うーん、かわいた香りがしてきた。設定時間のまえだけど、オーブンを止めてください。」

すばるがラーザさんに言って、オーブンの扉をあけた。うっすらとついたキツネ色。ピケをしっかりしたのでふくらむことなく、平らなクッキーができあがった。

「よーし、次はオレだぜ！　ラーザさん、百八十度に設定しなおしてください。」

渚がキリッと言った。

わたしたちの作業は、順調に進んでいる。ほかのチームの進行、デザインが気になるけれど、このキッチンでは気配も感じない。

ただ、自分たちのケーキを信じて進むしかないんだ。

「ここまでで一時間十分、いい感じで進んでるね。」

すばるが言った。

「うんっ！　このまま、突っ走るぜ。」

渚がニコッとした。

いつのまにか、観客席は人でいっぱいだ。いろんな国の人たちに見守られてケーキを作っているなんて、不思議な気分だ。でも、なんだか気持ちいい。

さぁ、作業はまだまだつづくよ。気合入れて、がんばろう！

6　オーストリアチームのアントルメは？

はじめまして。オーストリアチームの北川桜子です。パパのお仕事の関係でウィーンに住んでいる、W・インターナショナルスクールの五年生です。

これから『ジュニア・ワールド・スイーツ・チャンピオンシップ』がはじまります。同じ学校の植村こまきちゃん、野崎修吾くんと組んだチームで、きびしい予選を突破してオーストリアチームに選ばれたのよ。

わたし、お菓子作りが得意なんだ。

おうちでもよく作って、いつもママから「才能があるわね。」ってほめられてるの。きっとパパのお仕事のおかげね。いろんな国でいろんなお菓子を食べてきたんだもん。自慢しているみたいだけど、ほんとうだからしかたないの。

パパは、本社が東京にある、とーっても大きな会社に勤めているの。わたしたち家族は、たくさんの国で過ごして、三年まえにウィーンに引っ越してきたんだ。

パパが、とってもえらい東欧支社長になったからね。ママもえらいの。ウィーンに住む日本人の会『カンパニー家族会』の会長さんなの。パパとママは、ウィーンに住む日本の人たちに、とっても頼りにされているのよ。

ウィーン大好き！　美しくて文化的で、ほんとうにすてき。ここに来るまえは、南の島に住んでいたの。海はきれいだけど、ちょっといろいろ大変だったんだ。

モゾモゾしたりブンブンしたりする生き物がいっぱいで、ホントにもうっ！

あら、話がそれちゃった。ごめんなさい。

とにかく『ジュニア・ワールド・スイーツ・チャンピオンシップ』の予選は、オーストリアの子たちのチームと、わたしたちみたいな海外から来た子たちのチームが、同じくらいエントリーしてたのよ。

オーストリアの子たちではなくて、わたしたちが優勝して、オーストリア代表に選ばれたとき、ちょっとしたニュースになったの。ママが会長をしている会の会報『月刊・カンパニー家族会』にも記事がのったんだから！

わたし、一番になりたい。みんなに「かわいいね。」と言われる。「英語がじょうずね。」とも言われる。だけど、「一番」じゃない。

りっぱなパパとママが自慢できるような、子どもになりたいの。『ジュニア・ワールド・スイーツ・チャンピオンシップ』で優勝したら、きっと……。

レシピは最高、準備はかんぺき、やる気十分よ！

製作開始のカウントダウンがはじまった。

「……5、4、3、2、1、start!」

時間をきざむデジタル時計が動きだした。

「みんな、声かけしていこうね。はじめに二台のスポンジのタネ作り！」

わたしはキリッと言った。

「はいっ！」

ふたりが答えた。

野崎くんがふたつのボウルを出した。そしてそれぞれのボウルの中へバター、粉砂糖、塩をくわえて、言った。

「北川さん、お願い！」

「はい！」

わたしはギュッとハンドミキサーのスイッチを入れた。

野崎くんもハンドミキサーのスイッチを入れた。二台のハンドミキサーが回転音をひびかせている。

ギュルルルッー！

粉砂糖をまぶしたバターは瞬く間になめらかになった。パワーのあるハンドミキサーは、仕事が早い。だけど動きをコントロールすることがむずかしいんだ。

ハンドミキサーの先が、しっかりとバターをとらえるように、空気をまぜこむように、わたしは手にグッと力を入れた。

キュルルルー。

野崎くんのハンドミキサーの音が変わった。パワーを落としたんだ……。そう思って野崎くんのボウルを見たら、バターは、空気をふくんで白っぽくフワフワになってる。わたしのボウルの中は、まだモッタリしている。

ほぼ同時にはじめたのに……。くやしいけれど、野崎くんってお菓子作りがじょうず。

このコンテストに野崎くんをさそって、ホントよかった。

植村さんが計量した薄力粉をサラサラと野崎くんのボウルへ入れた。わたしのボウルのバターも、フワッとしてきた。ハンドミキサーのパワーを下げ、空気を入れこむようにしてから、スイッチを切った。

「ココアパウダー入りの小麦粉、入れるよ。」

植村さんがわたしに言った。

「はい、お願いします。」

わたしは、ゴムベラに持ちかえて答えた。

あのね、わたしたちのチームは、朝の準備の時間を『下ごしらえ』に使わなかった。すべての材料を計量し容器へ入れただけ。

本番で手早く作業して『技術力』の点数アップをねらう作戦なの。さぁ、スポンジケーキのタネができた。オーブンシートをしいた十八センチの型ふたつへ流しこんで――。

「オーブンをお願いします。」

わたしたちのチームのアテンドさんに声をかけた。

「練習どおりに進んでいる。いい感じね。」

植村さんがホッとしてつぶやいた。

焼きあがりをまつ時間で、ケーキをカットする型紙を作ろう。わたしは厚紙とコンパス、鉛筆、ハサミを出した。

審査員がビックリして見ている。これは、作戦なの！　審査員の視線に気がつかないふりをして、わたしたちは型紙作りをはじめた。

スタートしてから、一時間半がすぎた。焼きあがった二台のケーキは、ちょうど冷めたころだ。

「スポンジケーキのパーツ作り、はじめよう！」

わたしは野崎くんと植村さんに声をかけた。この作業は、一瞬でも気がぬけない。

最初にすることは、スポンジケーキの計測だ。それから、たくさんのパーツをカットするのよ。

「高さ――スポンジケーキは五・六センチ、チョコレートスポンジケーキは五・五センチ。」

植村さんが定規をあてて言った。

「うーん、スポンジをスライスするときのロスと、組み立てるときのクリームの厚さを考えて、それぞれ五センチの高さに調整するよ。」

野崎くんが定規とナイフを器用に使いながら、ふたつのスポンジケーキをけずってる。

「さぁ、ここからが大事ね。」

わたしは、スポンジケーキを約一・五センチの厚さ、三枚にスライスした。

「北川さん、かんぺき！」

植村さんがニッコリした。

「ナイフにスポンジケーキを均等に切る補助具をつけたからね。さぁ、チョコレートスポンジもスライスするよ。」

六枚のうすいスポンジケーキが作業台の上にならんだ。わたしは、ちょっとつかれて、顔を上げた。

W・インターナショナルスクールの友だちが、学校とオーストリアの旗をふってる。

「みんな……。」

うれしくて、力がわいてきた。

「型紙出して。はじめは直径十四センチから。」

わたしはスライスしたスポンジケーキの中央に型紙をのせ、ナイフでスーッと型にそって切りぬいた。直径十八センチのスポンジケーキから、幅二センチの輪を切りぬいた。

「次、十センチカットします。」

植村さんがわたしの切りぬいた残りのスポンジに直径十センチの型紙をあてた。型紙のまわりをナイフでカットして、さっきより小さめの幅二センチの輪を切りぬいた。

その次は、野崎くんだ。植村さんの切りぬいたスポンジに六センチの型紙をあてカットした。

厚さ一・五センチのうすいスポンジが、直径十八センチ、十四センチ、十センチの輪と、六センチの小さな丸い部分に分かれた。

観客席がザワザワしている。これも、わたしたちの作戦。観客席の注目を集めると、審査員たちも気になるでしょ。

「みんな、どんどんカットしていくよ。最後まで集中してがんばろう！」

わたしは自分に言いきかせながら声をかけた。

チョコレートスポンジとプレーンのスポンジは、直径十八センチ、十四センチ、十センチの輪、そして直径六センチの丸い部分に形を変えて、作業台の上にならんでる。

残り時間は……あと一時間。ここからが、しんどいところ……。

「みんな、集中力を保ったまま、組み立て作業よ！」

わたしは時計を見ながら言った。

「ホワイトチョコレート、湯せんの準備できました。」

植村さんが、声をかけた。野崎くんがボウルの中に製菓用の小粒のホワイトチョコレートと生クリームを入れ、湯せんをはじめた。

「抹茶の用意します！」

わたしはこし器で抹茶をサラサラにこした。

ホワイトチョコレートに抹茶と生クリームをくわえて、緑色に色づけするんだ。

日本では抹茶を使ったスイーツがはやってきているってきいてる。日本へ行く外国人に人気っていうでしょ。そこで、オーストリアのチョコレートケーキを日本らしくアレンジすることにしたんだ。

抹茶は、ママが大使館の『ジャパニーズ・ティー・セレモニー』をお手伝いしたときに京都の宇治からとりよせたものなの。

わたしは、それを少しずつとかしたホワイトチョコレートの中へくわえる。野崎くんがヘラを大きく動かしまぜていく。

なめらかになるよう、美しい色になるよう、なんども抹茶の量を調整したんだ。めざした色は、ウィーンの人に愛されている『ロビーニエの葉』の色……。

「みんな、どう?」

わたしは野崎くんと植村さんを見た。

ロビーニエって木をはじめて見たのは、ウィーン市立公園だった。大きな木なんだけど、繊細な丸いうすい緑色の葉っぱが、とてもキレイだった。

「オッケー、いい色!」

わたしたちは顔を見合わせてうなずいた。

「さぁ、一気に仕上げよう。」

バラバラにカットした二種類のスポンジケーキとグリーンのクリーム。

これを使ってわたしたちが作るのは、『オーストリアと日本仲よしアントルメ』です！

7 クラウスおじいさん、興奮の一日

みなさん、わたしは感動しています！

孫のすばるが仲間たちと、わたしの目の前でKuchen（ケーキ）を作っています。とても集中して、生き生きとして……。

なんてすばらしいんでしょう。美保子さんにも見てほしかった……。悲しんでいる場合ではありません、美保子さんの分までしっかり応援しないと！

「あぁ、ハンドミキサーをとめました。てがいたいのかしら？」

すばるが一瞬顔をしかめたようで、わたしは思わずつぶやいた。

「だいじょうぶですよ。よれたコードを気にしたのでしょう。ほら、動かしはじめましたよ。それより――。イタリアチーム、トラブルが起きたようですわ。」

フラウ・クロエがつぶやいた。わたしは意味がわからなくて、彼女の顔を見た。

「ほら、使ったボウルがたくさん作業台におかれたままでしょ。ケーキ作りはキッチンをかたづけながら作業します。ちらかっているのは、なにか問題が起きたのでしょう。」

心配そうにイタリアチームを見つめている。

フラウ・クロエは、すばるたちを応援しているけれど、それと同時に大会全体を応援しているようだ。

「見てください。オーストリアチームは、複雑なことをはじめましたよ。」

フラウ・クロエが言った。

細いリングの形にくりぬいた二種類のスポンジケーキを交互に組んで、それを重ねている。

「なにをしているのでしょう。にしょくのバウムクーヘンのようにみえますね。」

わたしは、できあがりを想像したけれど、さっぱりわからない。

子どもたちのコンテストは、想像以上にレベルが高い。すばるたちのクーヘンが一番になってほしいけれど、みんなすばらしい。

「これは、たいへんなたたかいです。」

わたしは思わず独り言を言った。

「クラウスさん、アメリカチームを見てください。透明の液体をかけてます。あれはムースケーキの仕上げのつやを出すナパージュです。もう仕上げです、早いですね。」

フラウ・クロエがキッチンのいちばん奥を見て言った。

「おぉ、フランスチームがてをあげています。もうできあがったようです。すばるたちは、まにあうでしょうか？」

わたしはデジタル時計を見た。あと、四十五分――。日本チームの作業台の上は、キレイにかたづいているけれど、クーヘンの姿はない。

フラウ・クロエは、キッチンがちらかっているとアクシデントだと言っていた。でも、

すばるたちのキッチンの上はかたづけられているのに、クーヘンがない！　なにかこまったことが起きたのかしら⁉

「Los, すばる Los!!（行けー！　すばる、がんばれー！）」

心配で、心配で、わたしは、思わず声を出した。がんばれ、にっぽん！

「Los, すばる Los!」

すばるです。いま、観客席からおじいさんの声がきこえた。すごく必死になって手をふっている。

はずかしいけれど、すごくうれしい。

「いちばん大きな声で、応援してくれているな。」

渚が観客席を見つめて言った。

「でも、なんて言ってるんだろう？　おじいさん、夢中になってドイツ語でさけんでるの気がついてないよね。」

カノンがおじいさんを見つめて、ニッコリ笑ってる。

「意味はわかんないけど、すごく力がわいてきた。ケーキの組み立て、がんばろうぜ！」

渚がグッと力をこめて言った。

「うんっ！」

わたしたちは、気合を入れて、最後の作業に入った。

「すばる、セルクルをセットして。」

「はい！」

わたしはケーキレストの上にセルクルをおき、底にクッキーをしいた。カノンがベリーベリーコンフィチュールのムースを冷蔵庫からとりだし、中へ入れた。そこへ、ベリーベリーコンフィチュールに少量のゼラチンをくわえたものを、ハケでぬった。

「次は、スポンジだ。」

渚が厚さ一センチにスライスしたスポンジを、ていねいに重ねた。そして、もう一度ハケでコンフィチュールをぬり、ベリーベリーコンフィチュールのムースをのせた。

「冷蔵庫で落ちつかせている間にデコレーションの用意ね。」

カノンがケーキレストごと冷蔵庫へ入れた。

わたしはホイップクリーム作り、カノンと渚はチョコレートをとかして、いちばん上にのせる飾りを作りはじめた。

「おじいさん、見ていて。わたしたちのアントルメ、もうすぐできあがるよ！」

わたしはホイップしながら思った。


「クラウスさん、そんなに心配しなくてだいじょうぶですよ。まだ二十分も残っています。」

フラウ・クロエに言われて、わたしはハッとわれに返った。

「あぁ、しんじてはいるのですが、しんぱいでたまりません……。」

すばるたちの作業台は、一度出てきたクーヘンが、また冷蔵庫の中へ入ってしまった。

これから、なにをするのだろう？

「これから仕上げですよ。パーツを重ねたケーキを冷蔵庫で冷やして安定させているんです。ほら、すべての準備ができたようですよ。」

フラウ・クロエが落ちついた声で言った。

すばらしい！　彼女は子どもたちのことをこんなにも信頼している。

わたしも落ちついてすばるたちの仕事を見守らなければ……。

すばるたちの最後の作業がはじまった。

冷蔵庫からクーヘンを出し、ていねいに金属の型をはずしてホイップクリームをぬりだした。クーヘンの縁に、細くクリームをしぼって、その内側にキレイなトロッとした液体を流している。赤と白、美しいとり合わせだ。

すばるがケーキの台紙ごと白い皿へ移動した。

これで、完成？　渚が白くうすいものをいちばん上にのせた。ところどころ穴があいている。あれはなに？　なぜ、まっ赤なきれいな表面をかくしてしまうの？

わたしは答えが知りたくて、フラウ・クロエを見た。

だけど彼女はなにも言わず、ニッコリほほえんでいるだけだった。

8 アントルメの審査がはじまった

「5、4、3、2、1、time is up!」

ブァァ――ン！

タイムアップを告げるアナウンスとブザーが鳴りひびいた。

ボクたちオーストリアチームは、制限時間を二十分残して完成している。

「全チーム完成していますので、さっそく審査に入ります。チーム代表は審査順を決める『くじ』を引いてください。」

アナウンスがひびいた。最初にドイツ語、次に英語でアナウンスされてるんだよ。

ウィーンに住んで、ボクはだいたい一年。ママが入学を決めたインターナショナルスクールで鍛えられたから、英語はだいぶわかるようになった。

ホントはドイツのサッカーチームが好きだから、ドイツ語を使うウィーンの学校に行きたかったけれど、ダメだってさ。

「次はどこの国へ行くかわからない。」

それが理由だ。

「英語は世界の共通語よ。英語を身につければ、世界じゅうどこへ行ってもこまらない。」

ママは言うけれど、そうかな？　ウィーンで英語が通じないことだってあるのに。なんて考えてたら、北川さんがボクの前にスッと立った。

「ワッ、なに？」

「野崎くん、試食審査の順番って大切よ。ぜったい一番は避けてね。くらべるものがない『一番』は、不利だから。」

北川さんは、ボクの目を見てキッパリと言った。

そんなプレッシャーをかけるなら、自分で引けばいいのに……。って思った。けど、思っただけで言わなかった。

エイッと『くじ』を引いたら、④と書いてあった。ふーっ、やれやれ。

コンテストのスタッフが、くじ順のとおりにアントルメをテーブルにならべた。

一番を引いた中国チームのケーキがモニターにうつしだされた。試食審査のまえに、高さ、直径の計測だ。

数字は、どうかな？　全員の目がモニター画面を見つめている。

「Höhe 六センチ、Durchmesser 十八センチ。Nicht gut」

nicht gut はドイツ語で「よくない」という意味。一番目から、基準オーバー!?　会場がどよめいた。

「トップに飾った飴細工が大きすぎたのね。」

植村さんがつぶやいた。

「高さに五ミリのオーバーがありました。得点から二点減点します。」

アナウンスがあった。

不満げな中国チームの応援団が、席を立って抗議している。五ミリでも、一センチでも、違反は違反。減点だ――。

そして次の審査は、ケーキの芸術性、技術力、味のバランス、オリジナリティだ。係の人が、ケーキの皿を持って八人の審査員ひとりひとりに見せてまわった。そしてナイフでカット――。

　キレイに断面があらわれた。

　キャラメルがけのケーキの中身は、オレンジ色だ。マンゴーか、オレンジか……。

　八等分されたアントルメが審査員のテーブルへ配られた。審査員の席はパーテーションで区切られていて、おたがいの表情が見えないようになっている。

　二番目は、フランスチーム。

　優勝候補っていわれている。いったいどんなアントルメだろう？

　モニター画面に、白いケーキがアップになった。

「ドーナッツ型!?」

「このデザインがあったのね……。」

北川さんと植村さんが顔を見合わせてつぶやいた。

「まんなかをぬいていても、直径と高さを守っていれば、減点にはならないんだ！」

ボクはフランスチームのデザインに感心した。カットした断面は、どうかな？　下にしいたのは白いメレンゲで、まんなかの薄緑色は、マジパンかな？

「白いムースには細かくきざんだ黄色いものが入ってるわ。」

植村さんが言った。ボクはじっと画面を見て考える。

「レモンか、パイナップルじゃないかな。」

画面を見て、材料を推理するのは楽しい。ああ、さすがフランスチーム、さわやかなデザインだな。

そして、渚たち日本チームのアントルメがアップになった。計測は、どうかな？

「Höhe 五・一センチ、Durchmesser 十八・二センチ。Gut」gut は「よい」という意味、合格だ。

「おっ、こっちもまっ白い。トップに大きさのちがう丸い穴がいくつもあいてて、中から赤いソースが見える。断面は、どうかな……。」

ボクは思わず身をのりだした。

スーッとナイフが通った。

「下にクッキーがある。そして赤、白、赤。断面も二色じゃ工夫が足りないわ。レシピノートを大事に持ってるから警戒してたのに。」

植村さんがつぶやいた。すると――。

「ただの二色じゃないわ。トップとカットした断面を、よく見て！」

北川さんがおどろいてる。えっ？　ああ……！

「上から見ると日本の日の丸、断面はオーストリアの国旗に見える!?」

ボクはドキドキして画面を見つめた。アントルメ全体で見たときは、気がつかなかった工夫がされている。

国際大会では、こういったメッセージをこめたデザインが高評価につながる。

渚たち、やるじゃん――。

だけど、ボクたちのアントルメも、負けていない。日本とオーストリアをテーマにしたものだ。

日本人だけどオーストリア代表、そこをじょうずにアピールしたアントルメだ。

「ナンバーフォア、チーム・オーストリア」

モニターにボクらのケーキがうつしだされた。抹茶をまぜたホワイトチョコで全体をコーティングした緑色が、モニター画面の中でツヤツヤと光ってる。

「おお……。」

会場から声が上がった。計測も楽々クリアした。北川さんの作戦どおり、グリーンのケーキはインパクト抜群だ。

でも、ボクたちのしかけは、これだけじゃないよ。

カッティング担当のパティシエが、ケーキにナイフを入れた。そして断面がモニター画面にうつしだされた。

クリーム色と茶色のきれいな市松もようの断面が、アップになっている。これはクリーム色と茶のリング型スポンジを交互にしいて、作ったんだ。

一段ごとにスポンジの色を逆にすることで、カットしたとき断面が市松もようになるんだ。段を重ねるごとにシロップをぬったから、ピタッとしているんだよ。

観客席から、さっきより大きな声が上がってる。

「よかった、いままでいちばん美しい断面ね。」

「市松もようのスポンジケーキと抹茶のチョコレート、色合いバッチリ！」

北川さんと植村さんが顔を見合わせてニッコリしてる。

カットされたケーキは、審査員のもとへ運ばれ、試食がはじまる。

目の前で審査されるって、すごくきんちょうする。審査員たちはフォークで二、三口食べてはなにかを書きこんでる。

顔色ひとつ変えないで、水を飲み、次のケーキをまっている。

シンガポール、カナダ、アメリカ、イタリア……次々に計測、カット、試食されていく。すべての審査が終わった。

そして、すぐに集計がはじまった。ボクたち出場チームは、一度退場して発表をまっことになっている。

ボクはみんなから少しはなれ、フーッと深呼吸した。ボクらの技術は、どう評価されるのだろう？

9 アントルメ審査結果発表！

「みなさん、おまたせしました。『ジュニア・ワールド・スイーツ・チャンピオンシップ』第一日アントルメの審査結果を発表します。各国チームのみなさんは、キッチン前にならんでください――。」

アナウンスが流れた。ボクたちはいそいでオーストリアのキッチン前にならんだ。

全チームがそろうと、スーッと会場の照明が落ちた。司会席のモニター画面に、点数表がうつしだされた。

1から8の数字が記されているだけ、国名、点数はないぞ。審査員の中で、ひときわ高いコック帽をかぶっているパティシエが、話しはじめた。

ボクは耳に神経を集中させた。

「八位から四位まで一度に発表だって……。ここに入ってたらショックだな。」

ボクは思わずつぶやいた。

「このランクに入るなんて、ありえないわよ。」

北川さんが、前を向いたままハッキリと言った。と、そのとき、またモニターが暗くなり、パッと明るくなった。

「あっ、出た！」

会場全体がシーンとしてる。うつしだされた国名と点数は……。

七位は中国とアメリカで同点の120点、六位はイタリア128点、五位はカナダ133点、そして四位はシンガポールで136点。

「残ったわ……。」

植村さんがホッとした声を出した。

「当然！」

北川さんがピシャリと答えた。

「では、次に上位三チームを発表します！」

ドキドキする間もなく、画面が暗くなり、またパッと明るくなった。結果は……!?

一位はフランス１４８点。二位は日本１４３点、ボクたちオーストリアは１４１点で三位だった。

「三位か……。でも、二位とは二点差だ。いい位置につけてるな。」

ボクはホッとして言った。

「なんで一位じゃないの？　かんぺきだったのに、フランスに七点も足りない。それに日本チームに負けて三位なんて……。」

北川さんがつぶやいた。

「ホント、フランスが強いってわかってた。でも……。」

植村さんが眉間にしわをよせてる。

モヤモヤとした空気が、ボクたちの間に漂ってる。たしかに三位はくやしい。だけど、こころのどこかで、ボクはよろこんでいる。

だって、渚たちと世界の舞台で勝負して、二位と三位になった。これはいい勝負！　二日目の製作が楽しみでたまらない。

だけど、こんな気持ちがふたりに知られたら、おこられてしまいそう。

ふぅ……。自分の気持ちを消すように、ボクは深く深呼吸した。

「野崎くん、植村さん、『アシェットデセール』はぜったい一位とって優勝するわよ。一番じゃなければ、意味がないんだから。」

北川さんが、自分に言いきかせるように言った。

「野崎くん、ちょっと……。」

植村さんがボクをキッチンの奥、冷蔵庫の前に呼んだ。

「日本チームの三人と仲よしなのよね。」

「うん、同じ小学校だったの。ホントおどろいた。」

「だったら、アシェットデセールはなにを作るか、なにげなくきいてきて。」

「それってスパイしろってこと!?」

「そんな言い方しないで。どんなテーマで作るか、知りたいだけよ。野崎くん、あの男の子と親友なんでしょ。ちょっときくだけでいいの。」

植村さんが、ボクの目をじっと見つめてる。

「そんなこと——。」

ボクは目をそらして、つぶやいた。

「わたしたちが優勝すると、わたしたちのパパの役に立つの。」

またはじまった……。植村さんは、いつもそう言う。

もう、なんど目？　ボク、ききあきてる。

『桜子ちゃんのパパは、わたしたちのパパたちより、ずっとずっとえらい。』それが理由だ。

北川さんのパパは、大きな会社の東欧支社長をしている。ボクと植村さんのパパは、小さな会社のオーストリア支社で働いてる。

「パパたちの仕事が『ジュニア・ワールド・スイーツ・チャンピオンシップ』と、関係あるの？」

ボクはイラッとして、植村さんにきいた。

「桜子ちゃんのパパは、このコンテストをとても楽しみにしているんだって。わたしたちのチームが優勝したら、桜子ちゃんとチームを組んだわたしたちのパパの評判も上がるかもしれないって。そうしたら、パパたちの会社の『商談』が、うまくいくはず、ってママが言ってた。だから、ねっ。」

　植村さんがマジメな顔で言った。

　マジで言ってるの？　って言葉をのみこんだ。ボクたちはこっちに来て、ずいぶん生活が変わった。S市にいたときより、自由でなくなったんだ……。

『海外勤務は日本人同士で気をつかうもの。』ママがよく言ってる。

「うん……。」

　ボクはママの言葉を思いだして、返事をした。

　ずっとはなればなれになっていた渚と再会したとたん、裏切らなくちゃいけないなんて……。いや、別に裏切るわけじゃないよね。ただ、きくだけなんだからさ。

　それに、渚はきっと、わかってくれる。

　ここは外国で、ボクはここで暮らしている。ボクの言うことも、わかってくれるはず。

　だって、親友だもん――。

　頭の中で、いろいろ考えながらボクはあとかたづけをしてる。このコンテストは、かたづけまで審査されるんだ。汚れが残っていたり、三十分以上かかったら、二次審査の点数から二点減点されるんだ。

制限時間内にあとかたづけが終わりそうだな。ホッとしたとき――。

「あーっ、一個残ってる！　野崎くん、お願いね。」

北川さんがボウルを指さして言った。

まったく、自分で行けよ……。ってこころの中で思ったけどちがうことを言った。

「オッケー。」

いつものことさ。親の関係が、そのまま子どもの関係になってる。

えらいパパの子は、えらいんだ。

洗ったボウルを棚におこうとした、そのとき……!?　ノートがおいてあった。ひと目で渚たちのノートとわかった。なんで、こんな大事なものが、ここにあるんだ!?

でも、いまならチラッと見ることができる……。

ドキドキしながら、手をのばそうとした。

『ひきょう者！　親友のノートを見てはダメだぞ。』

もうひとりの自分がおこってる。でもボクはノートの前から、はなれられない。

と、そのとき!? だれかがボクの肩にあたった。ボクはよろけて、棚にぶつかった。

パサッ！ その反動で、ノートが床に落ちた……。

「オォ、ソーリー！」

アメリカチームの子が、落ちたノートを拾ってボクに手わたした。

「ちがうのにっ！」と、思って顔を上げて——。

「サンキュー、バット……。」

と言いかけた。「ありがとう。でも、ボクのではありません。」と言おうと思ったんだ。

そしたら「シュアー！」と言って、その子は行ってしまった。英語の意味は「どういたしまして」。

お礼を言ったんじゃないんだ、ちがうんだって……。

どうしよう……？ 渚にわたさなきゃ。

そう思っているのに、小さなノートを手にしたボクは、それをポケットにしまっていた。

なにしてんだ、ボク……。 心臓が壊れそうなくらいドキドキしてる。

「おーい、シューゴ！」

そのとき渚の声がした。

ボクはきこえないふりをして、出口へ走った。ポケットの中に入れたノートが、鉄のかたまりのように重くて、足がもつれそうだ。

10 日本とオーストリア、ふたつのチームに事件発生！

「ないっ！　ない、ない……。」

渚です。とんでもないことが起きたんだ。

きのうのアントルメ製作で二位だったオレたち、ゆうべはよーく寝て、最高の気分で朝をむかえた。

そして今日はコンテストの中休み。ゆっくり朝ごはんを食べて、これから明日の二次審査『アシエットデセール』（皿盛りデザート）のレシピ確認をしようとしたら――。

ノートがないんだ！　オレらの大切な『勝利のレシピノート』が、消えてしまったんだ。

「ノートは渚が持っていたでしょ。たしか、審査結果をまつ間も見てたよね。」

腕組みした村木が言った。

「うん、わたしもおぼえてる。『結果発表まで、落ちつかない。』とか言ってさ。」

すばるがオレをチラッと見て言った。

「そうそう、渚ったらノートを出したり、しまったりしてた。」

「ちょっと心配だったんだ。なくさないかなって……。まさか、ライバルチームにとられたとか……!?」

「やめてよ、すばる！　想像したくもない……。」

ふたりがワーッとしゃべって、ため息をついて、またオレを見た。

「もう一度きくわ、どこにしまったか、よーく思いだして！」

村木とすばるがグイッと顔を近づけた。

つらい、ホントなさけない、だけど……。

「おぼえてないんだ……。」

「みなさん、落ちついて。アシェットデセール製作は明日です。ラーザさんに問い合わせて、これからコンテスト会場へ行って探してみましょう。」

だまってきいていたクロエ先生が言った。そうだ、ここにないんだから、コンテスト会場だ。だれかがとるなんて、ありえないさ……。

「クロエ先生、お願いします！」

オレはホッとして言った。

「ねぇ、なぎさ、カノン、すばる……。」

おじいさんが声をかけた。

「ノートがみつからなくても、ケンカをしてはいけませんよ。なんどもつくったのでしょう？『あたま』と『からだ』がおぼえていますよ。そうだ、どんなデザートかおしえてください。」

ニコニコした顔でオレを見つめてる。

「おじいさん……。そうだね。渚、ワァワァ言ってごめんね。」

すばるがオレを見つめて言った。あやまられて、ちょっとこまった。

「そうだ！　ひさしぶりにエア・ケーキしない？」

村木が楽しそうに言った。

「うんっ、いいね！『作っているつもり』で作る『エア・ケーキ』は、レシピの復習に

なるもんね。」

すばるが『ボウルを持っているふり』をした。

「じゃあ、はじめるよ。やわらかくしたバターとグラニュー糖を、白っぽくなるまでよくまぜるの。次は、渚！」

すばるがエアのボウルをオレにわたした。

「次に卵白をくわえ、さらにまぜます。黄身を入れないところがポイントなんだ。それから薄力粉をくわえる。ただし――。」

オレは途中まで言って、村木を見た。

「ただし！　粉をまぜるとき、こねないように気を配ること。サクサクッとした軽い歯ごたえがラングドッシャの魅力だから。」

村木がキリッと言った。

「ラングドッシャとは、フランスごで『ねこのした』といういみだね。ウィーンではKatzenzungenね。そして？」

おじいさんがきいた。

「はい、よくあるラングドッシャは、猫の舌みたいに平たくのばしてあるけど、わたしたちはちがう形に焼くんです。でも、それは秘密！」

「で、次はブルーベリーコンフィチュールを作るの。」

村木とすばるが顔を見合わせてる。

「それからカスタードクリーム。材料をしっかりこして、トゥルトゥルでなめらかにする！」

あぁ、ワクワクしてきたぞ。ノートをなくして、めっちゃ落ちこんでたけど元気が出てきたぜ。おじいさんのおかげだな。

「そしてホイップクリームとクリームチーズとブルーベリーコンフィチュールでふわふわで濃厚なムースを作ったら、素材は完成。お皿の上のデザインは明日見てね。」

すばるが最後をしめくくった。

「お皿の『しろ』、ブルーベリームースの『むらさき』、カスタードクリームの『きいろ』……。すてきな『いろ』のとりあわせですね。」

おじいさんが感心している。

「そう、優雅な感じでしょ！　わたしたち、『あこがれのウィーン』のイメージに合わせて、色を決めてからデザートを組み立てたんです。」

村木が力をこめて言った。

「色はね、白はウィーンの舞踏会のドレス、むらさきは皇妃エリザベートの好きだったすみれの花、黄色はシェーンブルン宮殿の外観からとったんだ。ロング・テーブルにピッタリ。優勝してお客さんによろこんでほしいな。」

すばるがおじいさんに説明してる。

じつはオレ、はじめはこのイメージには反対だったんだ。だけどオーストリアの歴史を調べてたら、貴族の歴史がおもしろくて……。いまはピッタリだと思うんだ。

「ウィーンのことをよくべんきょうして、デザートざらをかんがえたのですね。だけど、ウィーンのイメージは、ひとつではありませんよ……。」

ブブーッ！

おじいさんが話しはじめたとき、玄関ベルが大きく鳴った。

「ビックリした。朝からお客さま？」

すばるが玄関のほうを見てる。

「――ちょっとまっててください。」

そう言いながら、おじいさんが席を立った。

「なぎさー、おきゃくさんです。」

おじいさんが知らないおばさんを連れて、リビングに入ってきた。

「あなたが渚くん？　とつぜんですみませんが、お願いがありますの。大事件が起きました。いっしょに来てください。」

おばさん……、だれ？

ものすごい近くでオレを見つめてる。鼻息がかかりそうだ……。

「ママ、それじゃあ伝わらないわ。」

おばさんのうしろから、植村さんが出てきた。

「渚くん、野崎くんがとつぜん『オーストリアチームのメンバーを辞める。』って言いだしたの。」

「えっ、シューゴが、オーストリアチームのメンバーを辞める？」

オレはびっくりして、植村さんの言葉をくりかえした。

「わかった、植村さんたちケンカしたんでしょ。ダメだよ。チームのことは、チームで話し合わないとね。」

すばるがすごく正しいことを言った。

「そのとおり。ちゃんと話し合いなよ。それはそうと……植村さん、どうしてここの家がわかったの？」

村木がけげんそうな顔できいた。

「会場見学のあとで、話してたでしょ。シュトラーセンバーン②番S停留所の近く、中庭に大きな桜の木がある家に泊まっている、って——。」

植村さんが答えた。

「ええ、そのことを娘からきいて、ピンときましたの。美保子さんのお宅だって。美保子さんの桜は『カンパニー家族会』で有名なんですよ。」

植村さんママが胸をはって答えた。

「すごい情報力。植村さんのママって、つばさちゃんママみたいね。」

村木がオレの耳もとで言った。

「こっちも事件なの。じつは、大切なノートがなくなってしまって……。」

すばるが言った。

「えっ、あのノートが？　――とにかく、わたしたちケンカなんかしていないの。だから、こまっているの。どうしてとつぜん『オーストリアチームのメンバーを辞める。』って言いだしたのか、わからないのよ。野崎くんがいなかったら、わたしたち……。」

植村さんが悲しそうな目でオレを見てる。

ノートは大切。だけどシューゴのこともすごく大切。

「日本の親友の渚くんが説得してくれたら、きっと考えなおしてくれると思うの。お願い！」

植村さんが言った。

「わかった。オレも、話をききたい。すばる、村木……？」

「うん！　渚、いっしょに行こう。」

村木とすばるが、力強く言った。

「わかりました。ラーザさんと連絡をとり、コンテスト会場へはわたしが行きます。」

クロエ先生が言った。

「では、シューゴくんのいえへは、わたしがいっしょにいきましょう。」

すばるのおじいさんがクロエ先生に向かって言った。

「シューゴくんのいえは、19くですか？」

おじいさんがたずねた。

「いいえ、野崎さんは13区です。わたくしは19区ですけれど。」

植村さんママがあごを上げて答えた。おじいさんのまゆげがピクッと動いた。

「それでは、シューゴくんのいえのじゅうしょを、おしえてください。」

おじいさんが、植村さんママに向かって言った。

「わたくしたち車で来ていますから、いっしょにまいりましょう。」

植村さんママがニコッと笑って答えた。

「いいえ、けっこうです。じゅうしょをかいて、ここでおかえりください。」

少ない言葉、緑色の瞳で植村さんママをじっと見つめた。気迫に負けて、植村さんとママは帰っていった。

ちょっとおどろいた。おじいさんはなんで植村さんたちを帰したんだろう。

地下鉄を乗り継いで二十分、シューゴの家の最寄り駅についた。知らなかったな。ウィーンは地下鉄の路線もいっぱいあるんだ。

旧ウィーン市街、リンクから西へはなれたこの街は一戸建てや新しいマンションが多い。ここ13区は19区についでお金持ちが多く住む住宅地らしい。そうそう、おじいさんが言うには、19区のほうが海外赴任の人には人気なんだって。植村さんのママは、それが自慢だったみたい。

「えーっと、ここがシューゴくんのすむアパートメントだね。」

おじいさんがマンションの前で言った。

「なんだか日本のマンションと似ているね。」

建物を見上げて、すばるが言った。たしかに、おじいさんの家があるところとはちがうな。このあたりの住宅地は、なんだか東京っぽいや。

「そうでしょう。あたらしいたてものは、にほんのマンションとにてます。ウィーンでは、わたしのいえのようなふるいアパートを『アルトバウ』、このようなあたらしいアパートを『ノイバウ』とよぶのですよ。」

おじいさんがまた新しいことを教えてくれた。

ビーッ。

オレは教えられた番号のインターフォンを押した。

シューゴが出てきたら、はじめになんと言おう……。頭の中でグルグル考えながら、ドアが開くのをまっている。

きっと、家で事件が起きたんだ。だから『辞める』って言ったんだ。だってアイツは、シューゴは途中で投げだすヤツじゃないもん。

だったら、助けなきゃ！　オレはおなかの下にグッと力を入れた。

ドアが開いた。

「渚くん、村木さん、星野さん、なつかしいわ。はじめまして、すばるさんのおじいさま。」

シューゴのお母さんがむかえてくれた。あれ？　ふつうだ……。日本にいたときより、ちょっとやせたみたい。だけど、ふつうだ。

リビングに通されて、しばらくしたらシューゴが出てきた。

「植村さんからきいたの。『ジュニア・ワールド・スイーツ・チャンピオンシップ』アシェットデセールの製作に出ないって……。なにがあったの？」

村木が、一気にきいた。

「…………」

なんにも答えないで、じっとオレらを見つめるシューゴ。

「北川さんと植村さんに、迷惑をかけてはいけないって言ってるのに、この子ったら……。」

おばさんがこまった顔をして、オレたちに言った。

「なにがあった？　オマエが途中で投げだすなんて――。」

オレはシューゴの顔をのぞきこんできいた。

「……説得に来たのなら、帰って。ボクは、出てはいけないんだ。北川さん、植村さんのふたりでもだいじょうぶだから。」

オレの目を見てそれだけ言うと、シューゴは下を向いた。

たしかに、コンテストの決まりには、ふたりもしくは三人でひとつのチームって書いてあった。でも、そんな問題じゃない。

「ねぇ、『出てはいけない。』って言ったよね。それ、どういうこと？」

すばるがきくけど、シューゴは返事もしないし、顔も上げない。

だれも声を出さないで、どれくらい時間がたったんだろう？　こういうのを「沈黙」っていうんだ。なにか、言わなきゃ。オレが沈黙を破らなきゃ。と、思ったとき……。

「それでは、コンテストのはなしは、おしまい。すばるたちにウィーンのまちを、あんないしましょう。シューゴくん、てつだってください。」

おじいさんがニコッとして言った。

「ちょっと、そんな……。」

オレたちは顔を見合わせた。

「おじいさん、なにを言いだすの？」

すばるが目をまんまるくしておじいさんを見た。

「シューゴくんは、コンテストにでない。そうなると、みんながいっしょにいられるのはきょうだけ……、かもしれませんよ。」

おじいさんが気まじめな顔をして言った。

「さぁ、四にんのおもいでをつくりに、でかけましょう。ねっ……。」

やさしい声がオレたちのこころを、ほどいていく。

「うん、そうだね。せっかく会えたんだもん。出かけよう。さぁ渚、立って！」

「ほら、シューゴくんも。ウィーンに住んでるんでしょ、案内してよ。」

すばると村木が、すっくとソファーから立ちあがった。

すると——。

「わかった。いっしょに行くよ。……ちょっとまってて、カバンとってくる。」

シューゴはそう言って奥の部屋へ行った。

おばさんがホッとしたように、オレたちを見た。説得はできなかったけれど、シューゴとしばらくいっしょにいられる。

オレ、親友だからわかるんだ。アイツは、こころの中になにかかくしている。だから、オーストリアチームのメンバーを辞めるなんて言いだしたんだ。

シューゴの本心がわかれば、いっしょに答えを探すことだってできる。オレ、力になりたい。

『出てはいけない。』って言ったときのシューゴの顔、ほんとうにつらそうだったんだ。

11 みんなでウィーンの街を歩いてみたら……

「シューゴくん、やはり『なつのきゅうでん』からはじめましょうか？」

おじいさんが楽しそうに言った。

「そうですね、ボクもそう思ってました。ここから歩いていける、ボクも大好きな場所なんです。」

シューゴが答えた。

「ねえ、わたし知ってるよ。夏の宮殿って『シェーンブルン宮殿』のことでしょ？」

村木が得意げに言った。

シューゴがニコッとうなずいた。

なんか、スゲー。家から歩いてお城に行けるんだ。まぁまぁの距離を歩いて（ウィーンって建物が見えてからが長いんだ。）、やっと近くまでたどりついた。

「本物のお城って、すごい……。ガイドブックやDVDで見てたシェーンブルン宮殿とぜんぜんちがう。美しくて壮大！」

　宮殿を見上げて村木が感動してる。

「ここはマリー・アントワネットが子どものころ過ごした宮殿。夏の間だけ使っていたから『夏の宮殿』っていわれているんだ。」

　シューゴが説明してる。マリー・アントワネットは、調べたから知ってる。ハプスブルク家から政略結婚でフランスへ行ったんだぜ。お菓子が大好きで、オーストリアからフランスへ行くとき、パティシエを連れていったんだって。たしかフランス革命で処刑されちゃったんだ。

「へやのかずは千四百いじょうで、こうかいされているのは四十へやだよ。さぁ、いきましょう。」

　おじいさんがチケットを買って、みんなにわたしてくれた。

　白にゴールドの装飾のかべ、赤いじゅうたん、見たこともない飾りがついた机やイス、キラキラの照明、そしてかべを飾る重厚な絵画——。

はじめて見る本物のお城は、スケールが大きすぎて言葉が見つからない。

「わたしたちのアシェットデセールのイメージどおりね。豪華で優雅で最高！」

村木が楽しそうに言った。

「あぁ、このランプの飾り、すごくキレイ、飴細工で作ってみたいな……。」

すばるが、しあわせそうなため息をついた。

「では、つぎへいきますよ。シェーンブルンはこれでおしまい。」

おじいさんがニコッとして宮殿の出口へ向かって歩きだした。

「えっ、まだ半分も見てないのに！」

村木がむくれているけど、しかたがない。全部見ていたら、ほかの場所へ行けないぞ。

「ちょっとまって！」

出口の柱に見おぼえのある文字を見つけて、オレは立ち止まった。

「あっ、これ読めるよ。『ランゲ・ターフェル』って書いてあるんでしょ？」

すばるがおじいさんにきいた。

「そうだよ。ここでも『ランゲ・ターフェル』がひらかれるんだ。ここのにわが、『13

く』の、かいじょうだよ。」

おじいさんが楽しそうに言った。そうだった。おじいさんが市庁舎前は『メイン会場』って言っていたな。

ロング・テーブルは、オレたちが思ってたより、ずっと大きなイベントなんだ。そのイベントの最後のひと皿を飾るのが、『ジュニア・ワールド・スイーツ・チャンピオンシップ』の優勝者のレシピなんだ。

シューゴはウィーンに住んでいるのだから、この意味をよくわかっているはず。なのに、なぜ、途中で辞めるなんて言いだしたんだ？

オレは確信した。きのう、あの場所でなにかがあったんだ。オレたちに言えないなにかが――。

「つぎは、おしろとはガラッとかわったばしょへ、いきましょう。」

おじいさんが元気に言った。

地下鉄U4からU3と乗り継いで、地上に出た。まわりはちょっとゴチャッとしてる。

「さっきとぜんぜんちがうぞ。ここはリンクの中？　外？」

すばるがおじいさんにきいた。

「とちゅうからリンクにそって、そとがわをはしってました。ここは、きゅうしがいの、ひがし。さぁ、こっちです。」

「ボク、はじめて来たよ。家や学校の近くとぜんぜん雰囲気がちがう！」

シューゴが楽しそうにまわりを見てる。おじいさんに連れられて石畳の路地を歩いていくと、とんでもなく個性的な建物があらわれた。

「なんだろう？　テーマパークみたい。」

「人が住んでいるの？　コンクリートとタイルが不規則な形を作ってる。その間に植物のツルが絡まってワサワサと葉っぱを広げて――。」

すばると村木が顔を見合わせてる。

さっきの風景とあまりにちがうから、ビックリだ。

「ここはフンデルトバッサーハウスというの。ウィーンをだいひょうするげいじゅつかが、せっけいした、たてものです。これは『ノイバウ』アパートメントです。」

左右対称のシェーンブルン宮殿を見たあとに、パッチワークのようなタイルが貼られた建物に案内されて、とまどってる。

「ウィーンってこんな場所もあるんだな。なんか、カッコイイな。」

オレはシューゴを見た。

「うん、ユニークでおもしろい。ボク、はじめて見た。」

シューゴは建物を見上げて、うれしそうに言った。

「シューゴくんもはじめてなんだ。ウィーンに住んでるのに、知らなかったの？」

すばるがきいた。

「うん……。こっちに来てから、出かけるのはパパの会社の人たちとばかりなんだ。ひとりで出かけちゃダメって言うし……。しかたがないんだ。」

シューゴが言い訳するみたいに言った。

「さぁ、つかれただろう。カフェできゅうけいしよう。ここも、たのしいですよ。」

おじいさんが、案内してくれたその店は!?

「ここが、カフェ？」

天井からつるされた大きな植木鉢から植物が下がってる。色ガラスの窓から光がさしこんでる。床の白と黒のタイルは大きさがそろってなくて、見ていると不思議な気持ちになる。

「まるで、『不思議の国』に入ったみたい！」

すばると村木は、いろんなものを指さしてもりあがってる。

不思議な気持ちでおいしいサンドウィッチとミルクコーヒーのランチをとった。

「あっ……！」

一枚のポスターを見つけた。さっきと同じポスターだ。

「このカフェは『ウィーン３く』のかいじょうなんだよ。おなじひ、おなじじかん、おなじものを、おおぜいでたべるのが、ランゲ・ターフェルだもの。」

おじいさんがにっこり笑った。

「ここも？　さっきの会場は、豪華な晩餐会のイメージだったけど、ここはちがうね。」

村木がカフェをもう一度見まわして言った。

「そうね、ポップで楽しい。自由な感じ！」

すばるが楽しそうにしてる。

おじいさんのウィーン案内は、とてもいそがしい。おかげでシューゴとじっくり話すことができない。また地下鉄に乗って、リンクへ向かってる。オレは、すばるたちとはなれて、シューゴとならんで座席にすわった。

「なぁ……。」

話そうとシューゴを見たら、ウトウトしてる。しかたないなぁ。「外国の乗り物の中では、寝てはいけないよ。」ってじいちゃんが言ってたぞ。

「シューゴ、起きて。ほら、カバンが落ちそうだぞ。」

と、ひざからすべり落ちそうなシューゴのカバンを押さえた。

えっ……!? 手のひらに四角いものがあたった。

「あっ、ごめん！」

シューゴがパッと目をあけ、カバンをギュッと持った。

地下鉄をおり地上に出た。オレは目の前のひときわりっぱな建物を見上げた。なんてすばらしいんだ。

「あぁ、ここは舞踏会が開かれるウィーン国立歌劇場！ まっ白いドレスとティアラをつけてワルツを踊るのよね……。」

村木がうっとりして見上げてる。

「よく知ってるね。ここはフランスのパリ、イタリアのミラノとならぶヨーロッパ三大オペラハウスのひとつなんだよ。オペラのシーズンは九月から六月……。」

「なんかスゴイな。オペラの説明もできるんだ。」

オレは感心してシューゴを見た。

「明日は会えないんだ。知ってること少ないけど、話したくてさ。」

ニコッと笑って、説明をつづけてる。でも、「明日は会えない。」その言葉が引っかかって、シューゴの説明が、耳に入ってこない。

たしかめなきゃ……。そう思ったとき、

「さぁ、あとひとつあんないして、おしまいにしよう。」

そう言うとおじいさんは歩きはじめた。オレは話すきっかけを探しながら、おじいさんについて歩いてる。

たくさんの人でにぎやかな場所についた。狭い路地にテントがギッシリならんでる。お客さんが楽しそうに買い物している。

　ここは、どこ？

「『Naschmarkt』についたよ。ここはウィーンでいちばんおおきな『いちば』だよ。ウィーンのひとだけでなく、ちかごろは、かんこうのひとにも、にんきのばしょさ。」

　おじいさんは、ここへよく来るみたい。あちこちのお店の人にあいさつしながら歩いてる。

「まるで上野のアメ横みたい。」

　東京好きな村木が言った。

「野菜、チーズ、果物、ソーセージ、いろいろだ。食べ物だけじゃなくて、お土産物もある。」

　シューゴがめずらしそうに眺めてる。やっぱり、ここへは来たことがないみたいだ。

　ここは不思議。食材屋さんだけでなく、食べ物屋さんもいっぱいだ。トルコ、ベトナム、中国……。いろんな国の料理があって、にぎやかでとっても元気な場所だ。

「おじいさん、ありがとう。わたしたちのアシェットデセールの参考になるところばかり案内してくれたのね。」

すばるがニッコリして言った。

「わかりましたか？　でも、それだけをあんないしたのではないのですよ。」

「あっ、ロング・テーブルの会場をめぐってたんだよね。」

オレは、ポスターを思いだして言った。

「そのとおり！　ランゲ・ターフェルのいみを、きみたちに、しってほしかったんです。」

おじいさんがオレたちに言った。

12 ロング・テーブルの意味とシューゴの告白

ロング・テーブルの意味って？　あらためて言われて、オレたちはとまどっている。

ウィーンじゅうで行われる楽しいイベント、それだけではないの？

「おじいさん、ロング・テーブルって、楽しくごはんを食べるってイメージしかないわ。

そこに意味があるの？」

すばるが真剣な顔できいた。

「イメージとは、おもいうかべることです。きみたちがアシェットデセールのテーマをはなしたとき、わたしはなんといったかな……。」

おじいさんは、やさしく言った。

「『ウィーンのイメージはひとつじゃない……。』って。」

すばるが、答えた。

「ウィーンは、豪華な場所ばかりじゃなかった。おもしろいデザイン、ゴチャゴチャしているマーケット、いろんな『ウィーン』を見たわ。ねぇシューゴくん。」

村木がシューゴを見て言った。

「……いろんな場所で、ロング・テーブルを開くことに『意味』があるんじゃないかな？」

ちょっと考えて、シューゴが答えた。

「よくきがついたね。むずかしいけれど、きいてください……。」

おじいさんが静かに話しはじめた。

「いまのオーストリアは、おじいさんがこどものころにくらべて、ずいぶんべんりになったよ。だけど、もんだいもうまれた。いろんなくにから、おおくのひとたちがやってきている――。」

いつもとちがう、真剣な声だ。

「うまれたくにがちがうひとどうしが、おたがいをいやがったり、さけたりするようになっているんだ。わかるかな？」

おじいさんは、悲しそうな顔でオレたちを見た。

「ボク、住んでいるからなんとなく感じる。政治のことはわからないけれど、ママたちが日本人だけでギュッとしているのも、外国から人が大勢押しよせて、心配だからなんだろうね。ボクはそれが窮屈って感じるけど。」

シューゴがキュッと肩をすくめて言った。

「おかねがあるひと、ないひと、はだのいろ、せいべつ、ねんれい……。ちがいがあっても、ほんとうは、みなおなじように、たいせつなんだ。おなじものを、おなじじかんにたべることで、そのことにきがついてほしい。ランゲ・ターフェルには、こんないみが、こめられているんだよ。」

オレたちはじっときいていた。

「ちがいはあっても、人はみんな同じくらい大切な存在なんだ。わかっているつもりで、ちゃんと考えたこと、なかったな。」

オレはこころからそう言った。

「ねぇ、『あこがれのウィーン』のイメージで考えたアシェットデセール、もう一度考えなおさない？」

すばるが言った。

「賛成！　わたしたち、豪華なウィーンだけをイメージしてデザインしてたものね。」

村木がうなずいた。

「考えなおすから、あのノートはいらないな。」

オレはシューゴに向かって言った。

シューゴがハッとしてオレを見た。

みるみる目からナミダがあふれて——。カバンの中からオレたちの『勝利のレシピノート』を出した。

「渚、ごめん！　村木さん、星野さんも、ごめんなさい。」

やっぱり……。心臓がドキドキしてる。オレはシューゴの手からノートをとった。

「わたしたちのノートをシューゴくんが持ってたなんて……。」

村木の声が、悲しくひびいた。

「渚、もしかして、気がついてたの？」

すばるがきいた。

「うん、地下鉄の中で、シューゴがカバンを落としそうになったとき、触ってみてわかった。だってコイツ、ノートのほかに、なんにも入れてないんだもん。」

大勢の人が行き交うナッシュマルクト。ウィーンの台所と呼ばれるここは、いろんなにおいと音がしてる。

でも不思議、いまは世界でオレたちしか、いないように感じる。

「コンテストを辞めるって言ったときから、なにかをかくしているって思ってた。話そうとしても、オレと目を合わせないし、カバンをギュッと持ってるし……。なんで、こんなこと、したの？」

オレはいっしょうけんめい話した。

「……ボウルを棚に返しに行ったら、ノートがおいてあったんだ。」

小さな声で、シューゴが話しはじめた。

「じゃあ、知らせてくれたらよかったでしょ？　わたしたちの大切なノートなんだから！」

村木がオレの手からノートをとって言った。

「で、ボクが棚にぶつかって、ノートが落ちて、アメリカチームの子が拾ってくれて……。すぐに渚にわたそうと思ったんだけど……。」

シューゴが、いっしょうけんめい話しはじめた。

「……持って帰っちゃったんだ。」

村木の声が、冷たくひびいた。

「でも、見てない！　こんなの言い訳だけど……。ひきょう者の言い訳だけど、ノートは開いてない。ほんとうに、ごめんなさい。」

ナミダでぐしょぐしょになってシューゴがあやまった。

「どうしてノートがほしかったの？」

すばるがきいた。

「アントルメの点数がよかった渚たちの秘密が知りたくて。知ったら、日本チームをこえられるって思ったんだ。一番にならなきゃ、だって一番になったら……。」

シューゴはそこまで言うと、キュッと口をつぐんだ。オレは、見ていられなくて目をそらした。

　そう、オレのこころは、シューゴをゆるしているんだ。

「もう、いいよ。だってシューゴくんだって悩んだんだよね。だからコンテストに『出てはいけない。』って言ったんでしょ？」

　村木が言った。

「わたしは、ゆるせない。」

　すばるがキッとにらんでる。そして――。

「『ジュニア・ワールド・スイーツ・チャンピオンシップ』の二次審査に出たら、ゆるしてあげる。」

　すばるがやさしく言った。

「オレ、いろいろまわって楽しかった。いっしょに出かけなかったら、『ロング・テーブル』のメッセージに気づくことができなかった。だからさ、明日同じ場所に立とうぜ！」

　オレは、ナミダでぬれたシューゴに言った。

「ありがとう……。うん、ちゃんと出る。そしてアシェットデセールを作る。」

それぞれの場所でかこむロング・テーブル。みんなちがう。でもさ、『おいしいね！』って感じるとき、みんな同じようにニッコリしている。

いろんな場所でニッコリしている顔を想像して、レシピ作りにとりかかろう。

「あーっ、レシピを考えなおすことって、できないよ。だって提出したエントリー・レシピを参考に審査をするのよ。」

村木が目を丸くして言った。

「わかってるって！　わたし、いいこと思いついたの。でも、これ以上は言わない。ライバルチームの子がいるからね。」

すばるがシューゴを見てニカッと笑った。

「だいじょうぶ、ボクは帰るから！」

「みなさん、ではかえりましょう。シューゴくんは、うえむらさんたちに、あいにいってくださいね。」

おじいさんが静かに言った。

「はい、会いに行きます。辞めると言ったことをあやまって、それから自分の考えをちゃんと言います。ボク、ほんとうのチームになりたいんだ。渚たちみたいに!」

そう言ったシューゴの顔が、朝と別人のようにキラキラして見えた。

13 アシェットデセール対決！

みなさん、こんにちは！　緑川つばさです。わたしのこと、おぼえているかしら？『小学生トップ・オブ・ザ・パティシエ・コンテスト』で三種類のスイーツを作って優勝した、つばさです☆

あのね、これからネットテレビで『ジュニア・ワールド・スイーツ・チャンピオンシップ』の生中継番組がはじまるの。すばるちゃんとカノンちゃん、渚くんの三人が挑戦している、世界一の小学生パティシエを決めるコンテストよ。

ウィーンと日本の時差は、八時間。コンテストはウィーン時間で午前十一時ごろにはじまってきいてる。つまり日本時間では午後七時。

わたしは夕ごはんを早くすませて、パソコンの前で番組がはじまるのをまっているんだ。

あっ、はじまった！

「ママー、早くー。」

わたしはキッチンにいるママを呼んだ。ママがミルクティーの入ったカップを持ってリビングに入ってきた。

「みなさん、こんにちは。本日はオーストリア、ウィーンで開かれております『ジュニア・ワールド・スイーツ・チャンピオンシップ』二日目のようすを生中継いたします。解説は洋菓子研究家のわたくし、河部よう子です。お客さまは日本チームの顧問ナターリエ・細川さんです。」

ママくらいの年の女の人が話しはじめた。

この人は知らないけど、ナターリエさんは知ってる。

「小学生トップ・オブ・ザ・パティシエ・コンテスト」名誉審査員だったナターリエさんだ。明るい茶色の髪をアップにして、若草色のスーツを着ている。相変わらず上品ですてきなおばあさんだわ。

「こんにちは、今日の日を楽しみにしていました。さっそく見てみましょう。」

画面が切りかわり、ウィーンの観客席がうつしだされた。

「まぁ、お客さまがこんなに……。すばるちゃんたちはきんちょうしていないかしら？」

ママが心配そうな声を出した。

「だいじょうぶよ。キッチンの中で集中していると、まわりのことは気にならないもん。」

わたしは画面を見ながら言った。

デジタル時計がアップになり、カウントダウンがはじまった。

「8、7、6、5、4、3、2、1！　start!」

「はじまったわ！」

ママがいちいち声を出す。

わたしはドキドキしてる。ああ、自分のときよりきんちょうするわ。みんな、落ちついて、集中して……。わたしは、こころの中でつぶやいた。

「はじまりました。各国チーム、落ちついて作業にとりかかりました。では、ひとつずつキッチンをめぐり選手のようすを見ていただきましょう。はじめに日本チームのキッチンです。」

現場の映像に、解説がかぶる。

「日本チームの、星野すばるさん、村木カノンさん、山本渚くんの三人はC県S市の小学校のクラスメイトだそうです。」

ウィーンの映像は画面だけで音声は入ってない。きびきび動くすばるちゃんたちをうつして、スタジオで洋菓子研究家の人とナターリエさんがコンテストの解説をするようね。

「日本チームは一次審査のアントルメが二位というすばらしい成績でしたね。」

ナターリエさんの声が、うれしそうだ。

「あっ、手もとがアップになりました。バターとグラニュー糖をまぜたうえに、卵白が入りましたね。……そして粉です。この生地は、ラングドッシャですね。」

画面から解説がきこえる。いつもそばにいる三人が、画面の中にいるって不思議。すごく遠くにいるのに、近くにいるみたい。

「まぜているのはカノンちゃんね。奥で背中を向けているのは渚くん。すばるちゃんはシンクで洗い物をしている。」

ママがうれしそうに言った。

すると画面が、フランスの国旗がついたキッチンに切りかわった。

「こちらは一次トップのフランスチームですね。チョコレートのテンパリングをしています。手さばきは、どうでしょう？」

解説の人が、ナターリエさんに話しかけた。

「落ちついていますね。なれているのでしょう。奥にチョコレートスポンジケーキが見えます。フランスチームは、チョコレートをテーマにアシェットデセールを作るようですね。」

ナターリエさんの声がはずんでる。

「画面がクルクル変わるわね。もっと落ちついてひとつのチームをうつしてくれればいいのに。」

ママが不満げにつぶやいた。

「参加八か国のキッチンをまんべんなくうつさなくてはいけないから、しかたないの。」

わたしはママに言った。

すばるちゃんたちのデザートなら、わたし全部知ってる。画面にうつらなくても、いまなにをしているかわかるんだから。

わたしはクロエ先生のキッチンで熱心に練習している三人を、いつも見ていたんだ。

「あのねママ、わたしが説明するわ。
①ラングドッシャの生地は、直径三センチのうすい円に焼きあげる。
②ブルーベリーコンフィチュールを作る。
③カスタードクリームを作る。
④ブルーベリームースの生地を作る。
このパーツを使って、お皿の中でネックレスのように組み立てるのよ。」

ママがいっしょうけんめい想像してる。おしゃべりママが、静かになった。

すばるちゃんたちのテーマは『あこがれのウィーン』。イメージしたのは、皇妃エリザベートが好きだったすみれの花……。

白いお皿にカスタードクリームで細いお月様を描いて、そのまんなかに六つラングドッシャをならべる。

そしてブルーベリームースをしぼり袋に入れ、ラングドッシャの上にしぼる。エリザベートに似合う、すばらしいネックレスのようなデザインなの。
わたし、はじめて見たとき、サクサクしたラングドッシャの大胆な使い方にビックリした。できたてを食べる、アシェットデセールならではのすばらしいアイディアね。

「……次のキッチンはどこでしょうか？」

さっきまで観客席をうつしていたカメラが、ふたたび動きだした。

「日本人チームです。でもここは、オーストリアチームのキッチンです。資料によりますと『ウィーンに暮らす日本人で結成されたチームが予選を勝ちぬき、オーストリア代表に選ばれた。』とあります。」

「はい、アントルメは、二色のスポンジケーキを市松もように組み立てるみごとな技で三位になっています。アシェットデセールでは、どんな技を見せてくれるでしょう？　できあがりが楽しみですね。」

作業する手もとをカメラが追ってる。できあがった生地をオーブンシートをしいた天パンへしぼりだしているところだ。

「まぁ、オーストリアチームが日本人だなんて。こんなことって、あるのねぇ……。」

ママが画面に向かって言った。

「えっ？　ママ見て、野崎くんがうつってる！」

わたしは大きな声でさけんだ。

オープンの天パンに生地をしぼっている男の子……。背が高くなっている。ちょっとかっこよくなっているけど、野崎くんにまちがいない。

「まさか、つばさちゃん。見まちがいよ。」

ママがのんきな声で言った。

わたしはドキドキしながらパソコンのズーム機能で画面を大きくした。

「チームメンバーを紹介します。W・インターナショナルスクール五年生の北川桜子さん、植村こまきさん、野崎修吾くんです。」

名前が呼ばれた……。やっぱりそうだ！　すごい、すばるちゃんたちは、野崎くんたちと勝負しているんだわ……。

サーッと鳥肌が立った。世界は広いようで狭い。こんなことって、あるんだ!?

「……思いだしたわ！　野崎さんのご主人は、貿易のお仕事をしていると言ってたわ。

ウィーンに駐在なさっているのね。うらやましいわぁ。」

ママが画面から顔を上げて、フーッとため息をついた。

これは、大変なコンテストよ。一次審査一位はフランス、二位はすばるちゃんたち日本、そして三位は野崎くんたちのオーストリア。

勝負の行方は、どうなるの!? がんばれ、すばるちゃん、カノンちゃん、渚くん!

そして、野崎くんも……。

わたしはミルクティーを飲むのをわすれ、画面に向かってエールを送った。

14 ぜったい負けられない、ふたつの日本人チーム!?

すばるです。『ジュニア・ワールド・スイーツ・チャンピオンシップ』二日目、『アシェットデセール』製作がもうすぐはじまります。

ただいまの時間は、午前十時。今日は事前準備時間はなし。二時間で一から八人分のアシェットデセールを作る、きびしい戦いなんだ。

わたしたちは、きのう考えた新しいアイディアをレシピに組みこんだ。

練習なしで本番にいどむなんて、無茶すぎる。わかってる――。

でも、わたしたちのメッセージをこめたアシェットデセールを、どうしても作りたいの。

「すばる、カノン、なぎさ。こころをこめて、つくってください。」

おじいさんがニッコリほほえんだ。

「ラングドッシャをオーブンから出すタイミング、ここにすべてがかかってます。くれぐれも注意してください。」

クロエ先生の言葉がズンと胸にひびいた。

「はいっ！」

三人で声を合わせた。

「みなさん、キッチンへ入ってください。まもなくスタートです。」

わたしたちのアテンド、ラーザさんが声をかけた。

「では、いってきます！」

日の丸のついたキッチンへ入った。身だしなみを点検してスーッフーッと深呼吸した。

開始を告げるパティシエが、マイクの前に立った。

わたしの心臓がドキドキしだした。

『ジュニア・ワールド・スイーツ・チャンピオンシップ』、二日目『アシェットデセール』製作、開始まで――。10、9、8、7、6、5、4、3、2、1……スタートだ。

時計が残り時間をきざみはじめ、キッチンからいっせいに音が鳴りはじめた。

わたしたちは肩を組んで顔を見合わせてる。

「こころをこめて最高のひと皿を作ろう!」

三人で声を合わせた。

渚がブルーベリーコンフィチュール作りにとりかかった。わたしとカノンはラングドッシャの生地作りだ。

「こっちはできたぞ。生地は?」

渚がブルーベリーコンフィチュールをバットで冷ましながらきいた。

「できました!」

わたしは、オーブンの天パン三枚に、オーブンシートをていねいにしきながら言った。

「製作するお皿は八人分、ひとり二枚ずつだから、合計十六枚ね。」

カノンが天パンの前で言った。

「村木、ひとりでいける?」

渚が心配そうな顔できいた。

「だいじょうぶ! ひとりで生地をならべたほうが、仕上がりが統一されて美しく焼きあがるもの。」

カノンがスプーンを持って答えた。そして、ラングドッシャの生地をすくい、オーブンシートの上におき、スプーンの背を使いクルクルとうすくのばした。

「どう？」

厚さおよそ五ミリ、直径十三センチのきれいな円を作ってカノンがきいた。

「小さくないか？」

渚が不安げな顔をした。

「この生地はやわらかいでしょ。焼いている間に広がるから、そのぶんを計算したの。」

カノンがキリッと答えた。

わたしと渚は、ラングドッシャをカノンにまかせて次の作業に入った。

美しいすみれ色、ブルーベリームース作りだ。はじめにホイッパーでクリームチーズをなめらかにする。そこへ、プレーンヨーグルトをくわえた。手は休まず動かして、ダマがないように……。

「とかしたゼラチンをくわえて裏ごしした、ブルーベリーコンフィチュール、入れるよ。」

渚がわたしのボウルにすみれ色の液体をくわえた。

「サンキュー！」

白とむらさきが合わさり、ふんわりやさしいすみれ色に変わった。次は八分だてにしたホイップクリームをまぜるんだ。

「生地、できました。ラーザさん、お願いします。」

カノンの声がきこえた。さぁ、いそがないと。

わたしはゴムベラをギュッとにぎり、ムース作りの仕上げに入った。

「ブルーベリーのゼリー液もできたぞ。」

渚がそう言ったとき、オーブンから甘いバターの香りが漂ってきた。ラングドッシャの焼きあがりは、もうすぐだ——。わたしはできあがったムースを丸い口金をつけたしぼり袋に入れ、冷蔵庫にしまった。

目標とする焼き具合は、縁が茶色で全体がうすいクリーム色。そろそろ焼きあがるかな？　わたしは鼻に神経を集中させた。

「あっ、かわいた香り……。渚、カノン、スタンバイして！」

わたしはオーブンの前で言った。

設定時間より少し早いけれど、オーブンを止めた。もあっと温かい空気といっしょに天パンを出すと――。

縁はうっすらキツネ色、中はきれいなクリーム色。理想どおりの焼きあがりだ。

「ここからは時間との戦いだ。いくぞ！」

耐熱用ゴム手袋をはめながら渚が言った。

焼きあがったばかりの、まだやわらかいラングドッシャのまんなかに、サッと厚紙とアルミホイルで作ったコルネをおき、クルクルと巻きつけた。

サクサクしたクッキーになるまえなら、ラングドッシャは形を変えることが可能なの。きのうクロエ先生に教えてもらった『技』なんだよ。

ただし、熱いうちにしなければ、この『技』はきかなくなる。だから――。

「いそがないと……。冷めてしまったら巻けなくなっちゃう。」

わたしはドキドキしながら夢中で巻いている。

「すばる、ていねいにね。割れてしまったら、台無しよ。」

カノンがわたしを見て言った。ていねいに、いそいで、クルッ、クルッ……。

「できた……。」

十六枚のラングドッシャ、全部が美しく丸まった。

修吾です。ボクらのチームのアシェットデセールは、ミルフィーユで勝負に出るんだ。

もちろん、ただのミルフィーユじゃない。ミルフィーユはパイとクリームを重ねたデザートだ。

下準備時間のない『アシェットデセール』製作は、パイ生地から作ることはむずかしい。フィユタージュ・ラピッドっていう、早くできる生地もあるけどね。

ミルフィーユをじょうずに作っても、審査員の注目は得られない。だから考えたんだ。

ボクたちオーストリアチームは、『ふつうじゃないミルフィーユ』を作る！

製作開始から、十分がすぎた。ボクの担当は、生地作り。コンロの前に立って、なべの中でヘラを動かしながら、材料をひたすら練りあげてる。

——ひざでリズムをとって、なべとヘラを同時に動かし、こげないように、でも火を弱めず通すんだ。うしろでチョコレートをとかして、テンパリングしているにおいがしてきた。

あれ？　チョコレートの香りが強いぞ。

「植村さん、湯せんのお湯の量、少なくない？」

動きを止めず、大きな声できいた。

「あっ、いけない……。ありがとう、チョコレートをこがすとこだったわ。」

ボクはきのうチームに心配をかけてしまった。だから今日は自分の分担だけでなく、チームのために気を配るって決めたんだ。

後悔したくないから。全力でアシェットデセールを作るんだ。

植村さんと北川さんと三人でね。

なべの中の生地が、ツヤツヤしてきた。火を止めてヘラですくって、ポトッと落としてみた。

「みんな、確認して！」

ボクはふたりに声をかけた。

「ヘラに生地がしっかり残ってる。オッケー！」

北川さんがニコッとした。

「うん、いいね。と、いうか野崎くん、なんか別人みたい……。」

植村さんが、ビックリしてる。

「ボク、みんなに心配かけたからさ。今日はいつもより声出していくね。さぁ、次は生地を焼かなくちゃ！」

オーブンの準備に入った。生地を丸口金をつけたしぼり袋へ入れ、天パンにしぼるんだ。

「野崎くん、うすく、うすくよ！」

植村さんの声がした。ボクは顔を上げてうなずき、しぼりはじめた。なんだか、大きな声をかけ合うとキッチンの中が楽しくなる。

こんな感じ、はじめてだ。

「チョコレートカスタード、できました！」

北川さんの声も、いつもより大きい。

ピピッ！　とオーブンが鳴った。生地をとりだし焼き具合をチェックだ。

「ふくらみすぎず、固すぎず、色もいい……。」

ボクたちは顔を合わせてうなずいた。

さぁ、時間は残り五十分。最後までがんばろう！

15 アシェットデセールの審査がはじまった！

つばさです。パソコンの画面は、デジタル時計をアップでうつしています。

残り時間は四十五分。各チーム、早くも仕上げに入っているわ。

「あっ、すばるちゃんたちがうつったわ。」

わたしは画面に近づいた。えっ……？

ラングドッシャがっ、ラングドッシャが丸まってる！

「つばさちゃん、さっき話してくれた『ネックレス』をモチーフにしたアシェットデセールを作っているようには、見えないわ。」

ママがわたしに言った。

「どうして……。」

わたしは、画面を見てつぶやいた。なにがあったの？　本番でデザインを変えるなんて、ありえない。

ラングドッシャを丸めて、いったいなにを作るつもり？　もっと見ていたいのに、画面が切りかわり、シンガポールチームをうつしている。

「マンゴーソースを白い皿に大胆に流し、オレンジ色のゼリーをのせてる。アジアらしいデザインですね。」

ナターリエさんの解説がきこえる。でも、わたしは上の空。すばるちゃんたちの画像がうつらないまま、製作終了の時間がどんどん迫っている。

「5、4、3、2、1、time is up!」

ブブーッ。

「二次審査、アシエットデセールの製作が終わりました。いよいよ、審査です！」

パソコンから解説者の興奮した声がきこえる。画面はホッとしている各国チームをうつしている。

すばるちゃん、渚くん、カノンちゃん、本番で変えたのは、きっと意味があるのよね。

「信じてるよ。すばらしいひと皿ができあがっていることを！」

わたしは画面に向かってつぶやいた。

すばるです。いよいよ審査がはじまります。

「みなさん、審査はアントルメの成績順で行います。」

ラーザさんが司会の言葉を訳して言った。

八人の審査員が入場し、テーブルについた。テーブルは観客席と向かい合わせで、となりの人が見えないようパーテーションで仕切られている。

テーブルの上にはミネラルウォーター、各国レシピのファイルがある。

「ナンバーワン、フランス！」

司会の声と同時にモニターにデザート皿がアップになった。

直径三十二センチの白い皿、下にチョコレートクリームをハート型にしぼってある。そこから少しずらして、ハート型のチョコレートスポンジケーキ。

そして、細長いグラスの中に赤と白のムースが入っている。その上にはチョコレートで半分だけコーティングしたサクランボだ。

「かっこいい……。」

渚が小さな声で言った。わたしは、画面にくぎづけだ。だって、このデザートは……。

「黒い森のケーキの、分解だ！」

すごいアイディア……。アントルメのケーキを、アシエットデセールにアレンジするなんて⁉　サーッと鳥肌が立った。

「ほんとだ。チョコレートスポンジ、チョコレートクリーム。そしてチェリー。すべて、黒い森のケーキのパーツだわ。」

カノンが目をまんまるくしている。

審査員も感心している。一番は、やはり一番のまま、走りぬけてしまうのか？　心臓が

キリキリしてきた。

「次は、オレたちだぜ。」

渚の明るい声と同時に、わたしたちのアシェットデセールが画面いっぱいにうつしだされた。

白いお皿に、ラングドッシャで作った花束がふたつ。ひとつはブルーベリームースをつめてフレッシュ・ブルーベリーを飾った。もうひとつにはカスタードクリームをつめて、ブルーベリーのクラッシュゼリーをちらしたんだ。

そしてブルーベリーコンフィチュールのゼリーを、リボン形にカットして、花束をつつむように飾った。

審査員はちょっととまどって、フォークをおき、花束のラングドッシャをつまんで、食べた。

「手づかみで食べるアシェットデセールなんて、わたしたちくらいよね。」

カノンがニッコリしていった。

「評価が分かれるだろうね。フォークを使わないなんて。でも、これがわたしたちの作りたいアシェットデセールだもの。後悔は、ないよ。」

　わたしはキッパリと言った。

　審査員たちはファイルを見て、書類にペンを走らせている。

　次は三位のシューゴくんたちだ。どんなひと皿かしら？　わたしは楽しみでワクワクしている。

「ナンバースリー、オーストリア！」

　ミルフィーユがうつしだされた。白いお皿の中央に、カスタードとチョコレートクリームが交互にはさんであるミルフィーユだ。

　ふつうだわ……。

と、がっかりしたとき、気がついた。

このミルフィーユ、シュークリーム生地でできている⁉

「やるじゃん、シューゴたち。」

　渚がうれしそうにつぶやいた。

「粉糖をまぶし、赤いグロゼイユを飾るデザインもかっこいいわ。それに、あのお皿⁉」

　カノンが感心している。アシェットデセールは、三十二センチの白い皿にのせる決まりだ。これは、審査の公平を保つためだけれど、シューゴたちのチームは、抹茶を使ってお皿に葉っぱのもようをつけている。

「――葉っぱの型紙を作り上から抹茶をかけたんだわ。」

　画面を見ながら、カノンが分析した。ルー

ルを逆手にとったアイディア、すばらしいわ。やっぱり世界はレベルが高い。
次のチームはシンガポール、いったいどんなひと皿だろう？

16 結果発表とロング・テーブル

こんにちは！　すばるの祖父クラウス・フリーデルです。

八チームの試食審査が終わり、点数の集計がはじまりました。

「あぁ、しんぱいでたまりません。どのチームもすばらしくて、すばるたちはゆうしょうできるでしょうか？」

わたしはフラウ・クロエに質問した。

「シンガポールの『マンゴーとオレンジのムース、キャラメルバナナぞえ』、イタリアの『いちごのプディング・エスプレッソソース』もすばらしいアイディアでしたね。」

フラウ・クロエが楽しそうに言った。

「おまたせしました。審査結果の発表です！」

司会者の声がひびいた。会場の照明が落ち、モニター画面に点数表がうつしだされた。

JUNIOR WORLD SWEETS CHAMPIONSHIP

Rank	Country	Score	Rank	Country	Score
1	FRA	148／118	5	CAN	133／132
2	JPN	143／150	6	ITA	128／130
3	AUT	141／148	7	USA	120／136
4	SGP	136／149	7	CHN	120／133

FRA…フランス　JPN…日本　AUT…オーストリア　SGP…シンガポール　CAN…カナダ
ITA…イタリア　USA…アメリカ合衆国　CHN…中国

アントルメの点数の横に、アシェットデセールの点数が加算される。

日本１５０点、オーストリア１４８点、シンガポール１４９点……。次々に数字があらわれる。

「フランスのてんすうがありません、おかしいですね。」

わたしがつぶやいたとき、アナウンスが流れた。

「フランスチームはグラスを使用しましたので、規定違反と判断しました。よって、技術点はゼロとなります。」

フランスの点数がついた。１１８点!? 会場がザワザワしている。

つまり……日本チームの逆転です。

あぁ、すばるたちの優勝が、いま決まりました！

会場が拍手につつまれた。アテンドのラーザさんが日本チームによりそっている。

「フラウ・クロエ、おめでとうございます！」

わたしはこころをこめて言った。

「ジュニア・ワールド・スイーツ・チャンピオンシップ優勝、日本チーム！」

司会の声に押され、すばる、カノン、渚が前に出た。トロフィーをかかえた審査員がすばるたちの前に立ち、お祝いのスピーチをする。

「フラウ・クロエ、すばらしいひょうかでした。ラングドッシャのはなたばのアレンジ、ゆびさきでつまむデザートのアイディアが、すばらしいと。ランゲ・ターフェルのデザートにもピッタリ、といっています。」

トロフィーとともに、はにかむすばるを、わたしは目に焼きつけた。そしてランゲ・ターフェルのデザート担当のシェフに、すばるたちのレシピが手わたされた。

会場の拍手が、いちだんと大きくなった。

すばるです。今日はロング・テーブルの日です。

わたしたちは招待されて市庁舎前のメイン会場にやってきました。もちろんクロエ先生とおじいさんもいっしょだよ。

「きのうとはぜんぜんちがうなぁ……。」

渚がため息をついてる。ホント、熱い戦いのキッチンが、こんなにステキな場所に変わるとは想像していなかったわ。

赤いじゅうたんがしかれ、白いクロスがかけられたテーブルが、たてに横にズラーッとならんでる。百人？ ううん、もっとすわれるくらいだ。ほんとうにロング・テーブル！

「おしゃれしてきて、よかった！」

カノンがうれしそうに言った。

アテンドのラーザさんが席に案内してくれた。おとなりはドレスアップしたオーストリアチームだね。

わたしは北川さんのことが気になってしかたがない。

ドレスアップして、カノンがくやしがるほどかわいい。なのに、ずっとつまらなそうな顔をしているんだもの。

「さぁ、六時、はじまりの時間ですよ！　最初のお皿はなにかしら？」

クロエ先生がニッコリとほほえんで言った。

黒いスーツを着た男の人、黒いワンピースに白いエプロンをつけた女の人が皿を持って入ってきた。

まるでダンスのステップをふんでいるよう。楽しそうだね。

「殻つきの海老の前菜。レモンとカリカリしたポテトがそえてあるよ。」

シューゴが料理の説明をした。

「このソースなに？　すごくうまい！」

渚がきいた。

「うーん、ハーブとガーリックだと思うけど、かくし味がわからないな。」

「これは、ニョクマムです。ベトナムのちょうみりょうです。おいしいですね！」

おじいさんが海老の殻をカリカリ食べながら言った。

わたしは、みんなで行ったナッシュマルクトを思いだした。たしか、ベトナム料理のお店があったな。そこのシェフのレシピかしら？　あそこのロング・テーブル会場も、同じものを食べているのよね……。

はなれているけど、テーブルがつながっているように感じるな。

「スープが運ばれてきたわ。」

カノンが目をキラキラさせて言った。トマトとマメのスープだ。さわやかな酸味で冷めてもおいしい味つけになっているんだ。

そしてメインは？

「えっ、トンカツ？　しかも、めっちゃ大きい！」

「トンカツに似ているでしょ。この料理の名前は『ヴィーナー・シュニッツェル』、子牛のカツレツよ。オーストリアでいちばん有名な料理なの。」

北川さんが教えてくれた。

「手のひらサイズでびっくりした？　でも、うす切り肉だし、衣はサクサクしているから、ペロッと食べられちゃうよ。」

植村さんがにっこりして言った。

絶妙のタイミングでグラスにワインが注がれて、大人たちはゴキゲン。わたしたちはお水だけど、おいしいのよ。

「ウィーンの水道水がおいしいのは、アルプスの山から流れてくるお水だからよ。」

植村さんが教えてくれた。

さぁ、いよいよデザートだ。おいしいお料理をしめくくるお菓子。このお菓子の印象で、食事の印象も変わってしまう。わたしたちのデザートは、すばらしいしめくくりができるかしら？

ドキドキしていると、サービスの人がお皿を持ってあらわれ、目の前においた。

ラングドッシャとクリームで作った花束がふたつ。すみれ色のリボンも、ブルーベリーのゼリーでレシピどおり再現されている。

自分たちの考えたレシピを、オーストリアのパティシエさんが作ってくれた。

シェーンブルン宮殿の庭園で、あの不思議なカフェで、オペラ座で、ナッシュマルクトで、このアシェットデセールが運ばれているんだ……。

胸が熱くなった。

「このお皿にこめたメッセージ、伝わっているかな？」

わたしは、シューゴくんを見つめて言った。

ボクの胸がギュッとなった。顔を上げたら星野さんと目が合った。ボクのとなりでは北川さんが、じっとデザート皿を見つめている。

ボクがちゃんと伝えなきゃ……。

「北川さん、このアシェットデセールのどこに負けたの？　って思っているでしょ。」

ボクの言葉に、北川さんがハッとした。

「このひと皿には、ボクらの皿にはない、メッセージがこめられているんだ。」

北川さんがボクの顔をじっと見てる。

「ロング・テーブルには、いろんな人が集まっている。そのみんなを、この花束のようにギュッとつつむやさしさをもとうって、そうでしょう？」

ボクは日本チームのみんなに向かって言った。

「うれしいな、伝わったんだ……。」

渚がやさしくつぶやいた。

「そのメッセージが、審査員にもとどいたのね……。」

植村さんはそう言って、ラングドッシャの花束をつまみ、パクッと食べた。

「おいしい！　このメッセージ、くやしいけどおいしい。サクサクなんだけど、中のブルーベリームースをしっかりつつみこんでる！　わかった、クリームにくわえたゼラチンの分量が絶妙なんだわ。」

キラキラした目で渚を見てる。

「やさしいね。ほんとうにやさしいひと皿。わたし、ぜんぜんやさしくない。一番になりたいだけでコンテストに出てた。だってわたし、えらくなったパパやママの子どもなのに、自慢できるものがなにもないから……。」

北川さんのほおがキラッと光った。

「桜子ちゃん、そんなことを考えていたの？」

北川さんのママは、そう言って、北川さんの手をギュッとにぎった。

「パパはお仕事をいっしょうけんめいにしているの。ママだってそうよ。でも、どこかで勘ちがいしていた……。わたしたち家族が、特別だと思っていたわ。もう、みなさんに気をつかってもらうのは、やめにしましょう。」

そう言って植村さんのママをじっと見つめうなずいた。

「ええ、もちろん……。特別扱いは、いけませんわ。あら！　このラングドッシャの花束、お皿の上で転がらないようになっているのね。」

植村さんのママが、ばつが悪そうに大げさにおどろいてる。

「はい、コルネ型をアレンジして型紙を作ったんです。」

渚がキリッと言った。

「楽しいね。こんな日がつづいたら、世界はもう少しやさしくなれるんじゃないかな？」

星野さんが、にっこりして言った。

「そうね……。わたしたち、大人になってもこの日をわすれないわ。わすれないでいたら、きっと世界を変えることができる。」

村木さんが真剣な顔で言った。

「わたしも、わすれない……。」

北川さんがニコッとした。

「すばるちゃんたちは、パティシエになるの？」

北川さんのママがたずねた。

「はい、そして三人でお店を開くのが目標です。」

「シューゴくんは？」

星野さんがボクを見た。

「ボクさ、パティシエもいいけど、舞台に立ってみたいんだ。」

「おどろいた、修吾がそんなことを考えてたなんて！」

ボクのママが目をパチパチしてる。はずかしいから、言ってなかっただけだよ。

「ねえ、桜子ちゃんは？」

今度は北川さんのママがきいた。

「パパみたいにいろんな国で仕事がしたい。もちろん、お菓子作りはつづけるわよ。」

北川さんが楽しそうに言った。

「こまきちゃんも、将来の夢があるのかしら？」

植村さんのママがきいた。

「ママ、わたしはお洋服のデザイナーになりたいの。まえに住んでいたイタリアで勉強したいの。」

ふたりは顔を見合わせてニッコリした。

ボクたちはそれぞれちがう。

ちがうけど、お菓子でつながっているんだ。ボクは今日の気持ちをわすれない。夢の途中でつかれたら、お菓子から元気をもらおう。そしてかならずなるよ。知らないだれか、知ってるだれかのこころを熱くさせる舞台俳優に！

最終章　大人になった三人は？

すばるたちがウィーンから帰って十五年の月日が流れました。

クロエ先生の『お菓子のアトリエ　マダム・クロエ』は、どうなっているかしら？

みなさん、いっしょにのぞいてみましょう。


──カランカラン。

「おはよう！　すばる、今日もいい天気だな。」

いきおいよく扉をあけて渚が入ってきた。

「おはよう、渚！　気持ちいい朝だね。」

ひと足早く来ていたわたしは、ロールカーテンをあけながら答えた。

「おはよー！」

カノンがバタバタと走ってきた。

「ごめん、ヘアスタイルが決まらなくておそくなっちゃった。どう？　おだんごの位置、おかしくないかな？」

カノンがクルッとうしろを向いてきいた。

「……ったく、コック帽かぶるから、ヘアスタイルはどうでもいいじゃん。」

渚があきれた声で言った。

「どうでもよくない！　ベストなわたしでお客さまと向き合いたいの。だって、わたしたちの大切なお店なんだもん！」

カノンが看板を見ながら言った。

それは木製のおき型の手作りの看板。

スポンジケーキ色にペンキをぬった上に、ミルクチョコレート色で、

【みんなのお菓子☆ロング・テーブル】

と書いたんだよ。

「さぁ、朝の準備をはじめよう！」

渚がそう言って、看板を持って外へ出た。

おき場所は決まっている。玄関扉のななめ前、道路からよく見えるところだよ。

『みんなのお菓子☆ロング・テーブル』は、ずっと夢見ていた、わたしたち三人のお菓子屋さん。

クロエ先生の『お菓子のアトリエ　マダム・クロエ』の場所を引き継いで開いたんだ。

わたしたちにお菓子作りを教えてくれたクロエ先生は、もうS市にはいない。

「六十歳になったから、ゆっくりしたい。」

って四国の小さな島へお引っ越しして、そこでノンビリお菓子を焼いているの。焼き菓子だけなんだけど、それが評判で、ちっとも「ゆっくり」できないみたいだけどね。

わたしたちは大人になって、ずいぶんたった。

はじめはみんなバラバラだった。渚は大学へ進んで『経営学』を学んでからパティシエ修業を再開した。

わたしとカノンは、同じお菓子の専門学校に通っていたんだ。それからカノンは神戸のお店で製作と販売をしていた。

わたしはウィーンへ行ってたの。おじいさんの家からお菓子工房へ一年間通ったんだ。

そしていま、またふたりといっしょにケーキを焼きはじめたんだ。

クロエ先生から大切な場所を引き継いで、半年がたって、ようやく自分のお店って実感がわいてきたところ。

お店の名前は、小学生のとき出場した『ジュニア・ワールド・スイーツ・チャンピオンシップ』からとったの。

お菓子を作るとき、けっしてわすれてはいけない大切なことを学んだ、あの『ロング・テーブル』をお店の名前にしたんだ。

「掃除が終わりましたね。打ち合わせをします！　今日はわが母校、皇子台小の入学式だよ。お祝いのいちごケーキの注文の確認からはじめましょう。」

カノンが作業予定表を見ながら言った。

「はいっ！」

わたしと渚でキリッと返事をする。

『みんなのお菓子☆ロング・テーブル』のいちごのケーキは、パティシエ見習いのころに作ったレシピをもとに作っているんだ。四つ葉のクローバーのようにしぼったハートのクリーム、マリネしたいちごをはさんだレシピだよ。

レモンタルト、粒あんとリコッタチーズのカンノーリ、小麦粉を使わないチーズケーキ、ロールケーキ・タワー、藤森のケーキ……。

クロエ先生のパティシエ見習いだったころのレシピを改良したケーキと、三人それぞれのオリジナルケーキを月がわりで出しているんだ。

午後一時から五時まで、お茶とお菓子のセットを出すカフェスペースも作ったんだ。責任者は、もちろんカノンだ。

——カランカラン。

お客さまがやってきた。

「いらっしゃいませ。」

「あの、お菓子屋のおねえさん。『ろんぐ・てーぶる』ってどういう意味？」

小さなお客さまが質問する。

「それはね、たくさんの人がいっしょにケーキを食べるテーブルのことだよ。」

わたしは女の子に答えた。

「たくさんって、十人？」

クリクリした瞳で、わたしを見てる。

「もっと、もっとたくさん。」

「じゃあ、百人？　だけど、そんなテーブルないよ。ウソついちゃダメなんだよ。」

女の子がマジメな顔で言った。

「あるんだよ。ボクたちはそのテーブルを実際に見たんだ……。」

渚がなつかしそうな目をしてわたしを見た。

ウィーンの風景がよみがえる。いろんな人がいた。性別、年齢、話す言葉がちがう人たちがすわった。そして、みんな笑顔だった。わたしたちのデザートでニッコリして……。

思いだすたびにこころがサワサワする。

「ほんとうなの？　長い長いテーブルにだれがすわるの？　パパ、ママ、お友だち……。

席があまっちゃうね。」

「知らない人も呼んで、いっしょにすわるんだよ。世界じゅうの人がすわって、みんながいっしょにケーキを食べるの。長い長いテーブルなら、できるでしょ。」

「知らない人？　なんだか、こわいな。」

女の子が心配そうな顔をした。

「だいじょうぶだよ。おいしいケーキを食べると、みんな同じ顔になるもの。どんな顔だと思う？」

カノンがやさしくたずねた。

「おいしいケーキを食べると……？　わかった、ニッコリする！」

女の子がキラキラの瞳でわたしを見つめてる。

「ありがとう、また来るね。」

ケーキの箱をかかえて、小さなお客さまが帰っていった。

『みんなのお菓子☆ロング・テーブル』って名前にして、ほんとうによかった。あのとき、こころにひびいたあの思いをわすれないようにって、つけてよかった。

「さぁ、次の仕事にかかるぞ。」

渚がボウルを出して言った。

「……今日は初日。アイツ、きんちょうしているかな？」

渚がキッチンの掲示板に貼ったポスターを見ながらつぶやいた。それは一枚の演劇のポスター。東京の大きな劇場で行われるシェークスピアのお芝居なんだ。

『ハムレット　主演・野崎修吾』そう、シューゴくんだよ。ウィーンで再会して、いっしょに『ジュニア・ワールド・スイーツ・チャンピオンシップ』を戦った、ライバルの野崎修吾くんの舞台なんだ。

「だいじょうぶ！　わたしたちのさしいれのお菓子があればきんちょうもほぐれるよ。」

わたしは渚に言った。

シューゴくんは、俳優になってずっとがんばってた。その努力が実って、いまは人気の舞台俳優なんだ。そして今日は初主演の初日！

「あぁ、お店のオープンよりきんちょうするかも……。」

カノンが胸に手をあててつぶやいた。

「わたし、チョコレート出してくる。」

わたしは地下の食料庫へおりた。

シューゴくんの笑顔を思いうかべて、ケーキを作ろう。これから会うお客さまのために、ケーキを作ろう。

お菓子は夢見るこころのエネルギー。

みんなのすばらしい瞬間のために、こころをこめて作るよ。わたしたちは、ロング・テーブルのパティシエです！

パティシエ☆すばるシリーズ　完

パティシエへの道

あとがき

『パティシエ☆すばる』番外編、いかがでしたか？

今回の舞台は、ウィーンです。ついにすばるは、おじいさんの暮らすオーストリアへやってきました。

じつはわたし、担当の編集さんと、

「いつかすばるたちを、ウィーンへ連れていきたいね。」

と、話していました。そのまえに、わたしもウィーンへ行ってみたい……。

京都、大阪、神戸、鎌倉、東京と、あちこちを取材しましたが、さすがにオーストリアは気軽に取材ができるところではありません。あきらめかけていたとき、すばらしいチャンスがやってきました。

お菓子のレシピ監修でお世話になっている、三好由美子さんが、

「ウィーンへ行くけれどいっしょにいかが？」

と、さそってくれたのです。

「行きます！」

もちろん即答しました。三好さんは、ウィーンでパティシエ修業をなさった方で、ときどきウィーンをおとずれているのだそうです。

わたしの滞在は一週間だけでしたが、三好さんに紹介していただき、とても充実した取材ができました。

クロエ先生のような女性パティシエさんと、すばるたちより少しお姉さんのパティシエ見習いさんにお話をきいたり、ケーキを作るようすを見学させてもらったりしました。一八四〇年創業の伝統あるお菓子屋さんや、ケーキが評判のカフェなど、たくさん取材しました。

この物語の中には、わたしが見た景色をちりばめてあります。みなさんがウィーンを感じてくださると、うれしいです。

『パティシエ☆すばる』はこれでおしまいですが、『つくもようこ』はまだまだつづきます。これからも、どうぞよろしく☆

では、次の物語の取材へいってきます！

つくもようこ

『パティシエ☆すばる』番外編は楽しんでもらえましたか？　読んでくれてありがとう。みんな元気でね！

＊著者紹介

つくもようこ

千葉県生まれ、京都市在住。山羊座のＡ型。猫とベルギーチョコレートと白いご飯が大好き。尊敬する人、アガサ・クリスティ。趣味はイタリア語の勉強で、将来の夢はイタリアへ留学すること。好きな言葉、「七転び八起き」。著書に「パティシエ☆すばる」シリーズ（講談社青い鳥文庫）。

＊画家紹介

烏羽 雨

イラストレーター。雑誌や書籍の装画、挿絵などで活躍中。挿絵の仕事に『オズの魔法使い ドロシーとトトの大冒険』「怪盗パピヨン」シリーズ（ともに講談社青い鳥文庫）など多数。

取材協力／
ウィーン菓子　マウジー
パティシエ　中川義彦
焼き菓子工房　コレット

この作品は書き下ろしです。

講談社　青い鳥文庫

パティシエ☆すばる
番外編（ばんがいへん）　あこがれのウィーンへ
つくもようこ

2018年５月15日　第１刷発行

（定価はカバーに表示してあります。）

発行者　渡瀬昌彦
発行所　株式会社講談社
東京都文京区音羽2-12-21　郵便番号112-8001
電話　編集（03）5395-3536
販売（03）5395-3625
業務（03）5395-3615

N.D.C.913　196p　18cm

装　丁　久住和代
印　刷　図書印刷株式会社
製　本　図書印刷株式会社
本文データ制作　講談社デジタル製作

ISBN978-4-06-511750-7

『レ・ミゼラブル
―ああ無情―』

ビクトル・ユーゴー／作

たった一切れのパンを盗んだために 19 年間も牢獄に入れられたジャン・バルジャン。つらい運命を背負う彼が、寒さにふるえる薄幸の少女コゼットに出会ったのは、**パリ**郊外の真冬の森の中でした。

『三銃士』

A・デュマ／作

「一人はみんなのために、みんなは一人のために！」熱い心をもつ青年ダルタニャンの故郷は、フランス南西部**タルブ**。そこから一人で馬に乗り、花の都**パリ**で 3 人の勇敢な銃士に出会いました。

『十五少年漂流記』

ジュール・ベルヌ／作

無人島に漂着した少年たちは、どうやって生きのびたのか？　ほかにも、謎の男ネモ艦長が登場する『海底２万マイル』など、数多くの冒険小説を書いたベルヌは、フランス西部**ナント**の出身。

『ファーブルの昆虫記』

アンリ・ファーブル／作

温暖な気候のフランス南東部**プロヴァンス**地方で長く暮らしたファーブル。昆虫への深い愛情で書かれた『昆虫記』は、ただの観察記録にとどまらず、文学作品として、いまも世界中で読まれています。

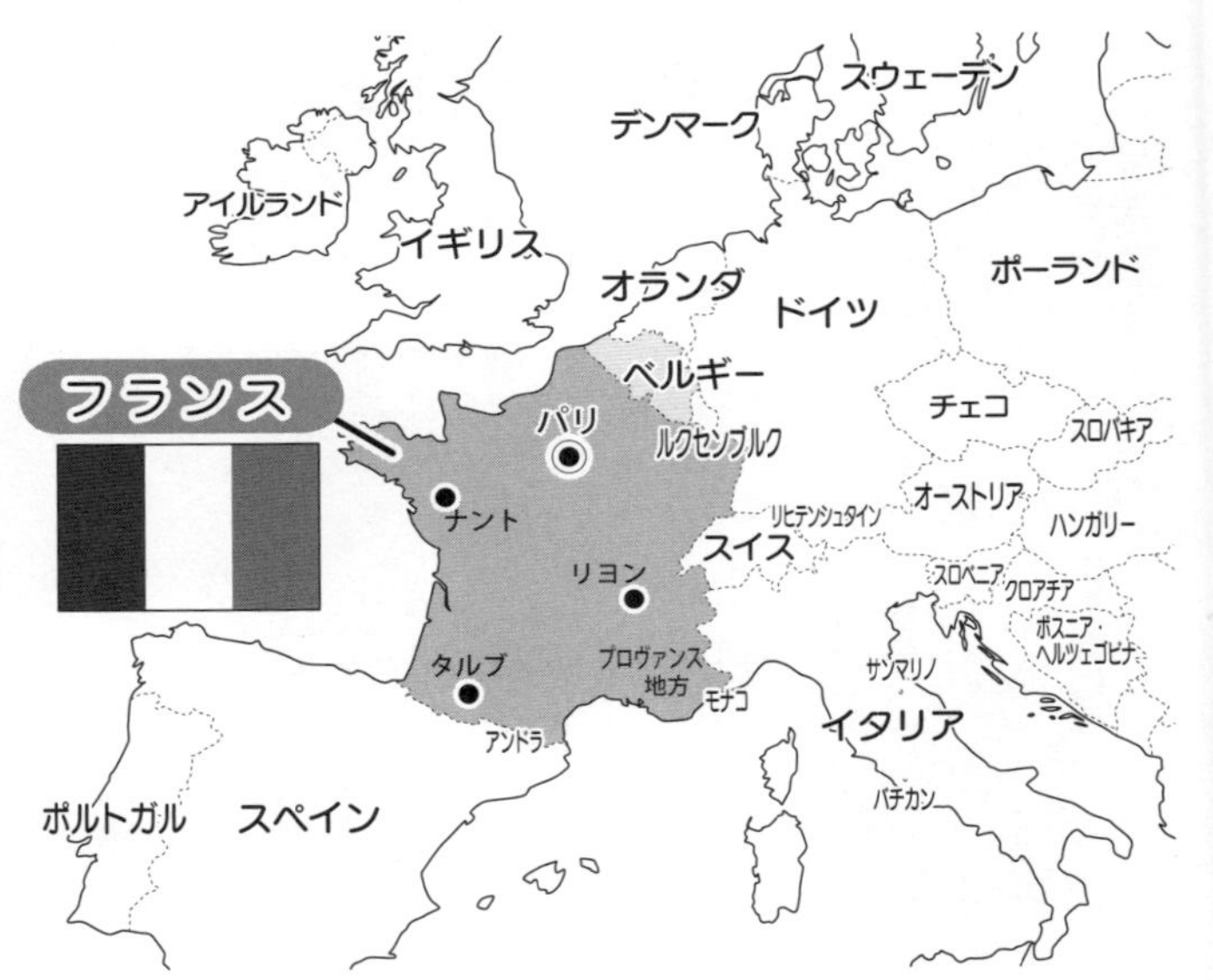

『星の王子さま』

サン＝テグジュペリ／作

リヨン出身のサン＝テグジュペリは、大人になって飛行士になりました。その経験をもとに書かれたのが『星の王子さま』です。この、小さな星からやってきた不思議な少年の物語を出版した翌年、飛行機に乗ったまま行方不明になりました。

『青い鳥』

メーテルリンク／作

フランスの隣の国、**ベルギー**に生まれたメーテルリンクは、大学を出ると**パリ**で詩人仲間たちと文学活動にはげみました。この作品により、「青い鳥」は「幸福」を象徴する言葉となりました。

青い鳥文庫には、イギリスが舞台の楽しい物語がいっぱい！

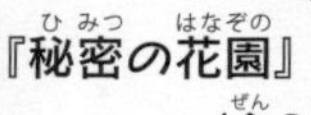

『秘密の花園』（全３巻）

バーネット／作

ひとりぼっちのメアリがあずけられたお屋敷は、**ヨークシャー州**にありました。同じくヒースの生い茂る荒野が舞台になった有名な小説に、『嵐が丘』（エミリー・ブロンテ／作）が。

『リトル プリンセス ―小公女―』

バーネット／作

インドからやってきたセーラがあずけられたのは、**ロンドン**にあるミンチン女子学院。屋根裏部屋からセーラが見た、ロンドンの風景が素敵！

『クリスマス キャロル』

ディケンズ／作

ロンドンの下町に住む高利貸しのスクルージが、霊と過ごした三晩の物語。ロンドンのクリスマスの雰囲気がつたわります。

『ピーター・パンとウェンディ』

Ｊ・Ｍ・バリ／作

ケンジントン公園で乳母車から落ちて迷子になり、永遠に少年のままになってしまったピーター・パンの冒険物語。**ロンドン**のケンジントン公園には、その有名な銅像があります。

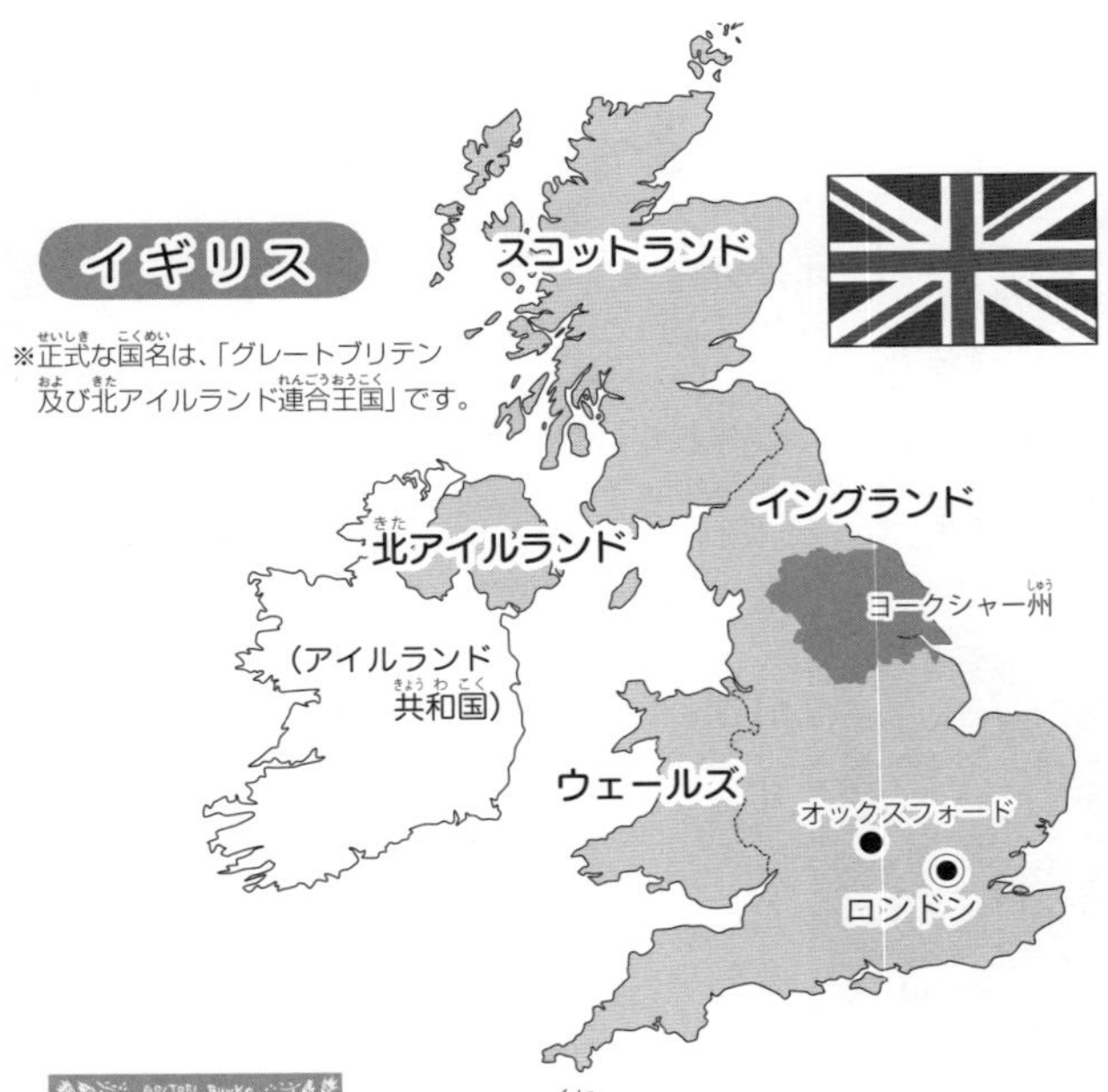

『ふしぎの国のアリス』

ルイス＝キャロル／作

オックスフォード大学の数学の教授だったキャロルが、テムズ川に浮かべた小舟の上で、主人公アリスのモデル、アリス・リデルたちに話してあげたお話がもとに。実在した人物や言葉遊びがつまった物語。

「名探偵ホームズ」シリーズ（全16巻）

コナン・ドイル／作

ホームズが下宿していたのが、**ロンドン**のベーカー街２２１Ｂ。２２１Ｂは、当時なかった地番ですが、いまはそのほど近く、ベーカー街２３９にシャーロック・ホームズ博物館があります。

『オズの魔法使い
—ドロシーとトトの大冒険—』
L・F・バーム／作

カンザス名物の竜巻に飛ばされた、ドロシーと愛犬トトの大冒険！　脳みそがほしいカカシ、心臓がほしいブリキの木こり、勇気がほしいライオンといっしょに、めざせ、エメラルドの都！

『トム・ソーヤーの冒険』
マーク・トウェーン／作

世界でいちばん有名ないたずらっ子トムの冒険の舞台は、**ミズーリ州**。作者やその友だちが、ほんとうに体験したことばかりというお話に、びっくり！

『若草物語』（全４巻）
オルコット／作

なかよし四姉妹の愛と涙と笑いがいっぱいの物語。作者オルコットがモデルのジョーをはじめ、姉妹が住んでいた家は、**マサチューセッツ州**コンコードにあります！

『あしながおじさん
—世界でいちばん楽しい手紙—』
J・ウェブスター／作

孤児院育ちのジュディは、お金持ちの評議員、あしながおじさんにみとめられ、大学に通えることに。ジュディが通った大学のモデルになったのは、ウェブスター自身も通った、**ニューヨーク州**にあるヴァッサー大学。また、ウェブスターは、マーク・トウェーンの姪のむすめにあたります。

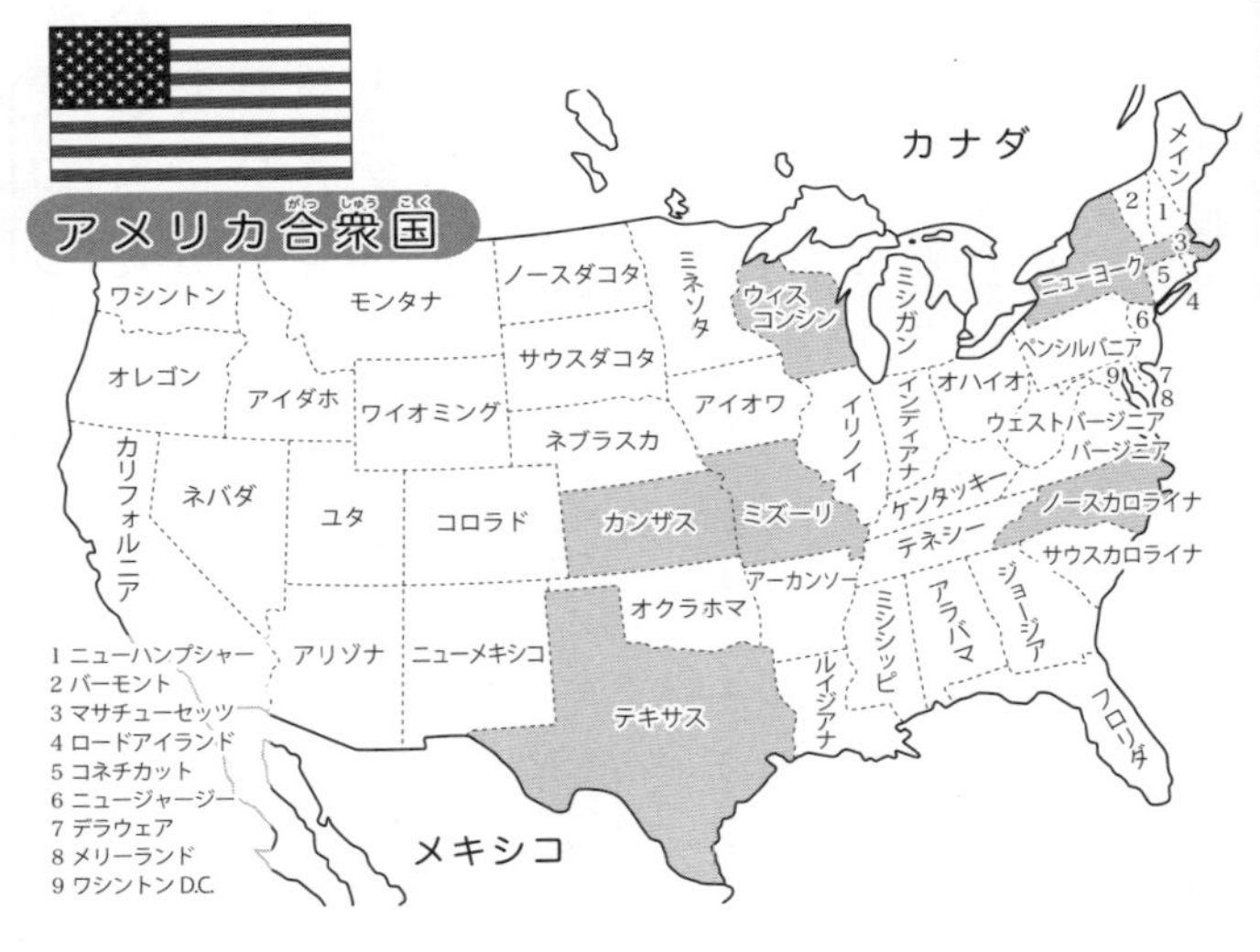

『大きな森の小さな家 —大草原の小さな家シリーズ—』

ローラ・インガルス・ワイルダー／作

ワイルダー一家は、西部開拓時代に、ほんとうにいた家族。家も、食べものも自分たちで作る暮らしは、テレビドラマにもなり、大人気に。作者であり、主人公のローラが生まれた**ウィスコンシン州**には、レプリカの丸太小屋も作られています。

『賢者の贈り物』

O・ヘンリー／作

『最後の一葉』など、有名な短編をたくさん書いたO・ヘンリー。**ノースカロライナ州**で生まれ、各地を転々としましたが、おもな作品は、**ニューヨーク**時代に発表されました。現在、**テキサス州**オースチンに、O・ヘンリーが住んでいた家を使った博物館、オー・ヘンリーハウスがあります。

おもしろい話がいっぱい！

コロボックル物語

- だれも知らない小さな国　佐藤さとる
- 豆つぶほどの小さないぬ　佐藤さとる
- 星からおちた小さな人　佐藤さとる
- ふしぎな目をした男の子　佐藤さとる
- 小さな国のつづきの話　佐藤さとる
- コロボックル童話集　佐藤さとる
- 小さな人のむかしの話　佐藤さとる

モモちゃんとアカネちゃんの本

- ちいさいモモちゃん　松谷みよ子
- モモちゃんとプー　松谷みよ子
- モモちゃんとアカネちゃん　松谷みよ子
- ちいさいアカネちゃん　松谷みよ子
- アカネちゃんとお客さんのパパ　松谷みよ子
- アカネちゃんのなみだの海　松谷みよ子

- 龍の子太郎　松谷みよ子
- ふたりのイーダ　松谷みよ子

クレヨン王国シリーズ

- クレヨン王国の十二か月　福永令三
- クレヨン王国の花ウサギ　福永令三
- クレヨン王国　新十二か月の旅　福永令三
- クレヨン王国　いちご村　福永令三
- クレヨン王国　超特急24色ゆめ列車　福永令三
- クレヨン王国　黒の銀行　福永令三

キャプテンシリーズ

- キャプテンはつらいぜ　後藤竜二
- キャプテン、らくにいこうぜ　後藤竜二
- キャプテンがんばる　後藤竜二

- 霧のむこうのふしぎな町　柏葉幸子
- 地下室からのふしぎな旅　柏葉幸子
- 天井うらのふしぎな友だち　柏葉幸子
- りんご畑の特別列車　柏葉幸子

- かくれ家は空の上　柏葉幸子
- ふしぎなおばあちゃん×12　柏葉幸子
- 大どろぼうブラブラ氏　角野栄子
- でかでか人とちびちび人　立原えりか
- ユタとふしぎな仲間たち　三浦哲郎
- さすらい猫ノアの伝説(1)〜(2)　重松清
- 少年H(上)(下)　妹尾河童
- 南の島のティオ　池澤夏樹
- ぼくらのサイテーの夏　笹生陽子
- 楽園のつくりかた　笹生陽子
- リズム　森絵都
- DIVE(ダイブ)!!(1)〜(4)　森絵都
- 十一月の扉　高楼方子
- ロードムービー　辻村深月
- 十二歳　椰月美智子
- しずかな日々　椰月美智子
- 旅猫リポート　有川浩
- 幕が上がる　平田オリザ／原作　喜安浩平／脚本　古閑万希子／文
- ルドルフとイッパイアッテナ 映画ノベライズ　斉藤洋／原作　加藤陽一／脚本　桜木日向／文
- 超高速！参勤交代 映画ノベライズ　土橋章宏／脚本　時海結以／文

講談社　青い鳥文庫

日本の名作

- 源氏物語　紫式部
- 平家物語　高野正巳
- 坊っちゃん　夏目漱石
- 吾輩は猫である(上)(下)　夏目漱石
- くもの糸・杜子春　芥川龍之介
- 伊豆の踊子・野菊の墓　川端康成　伊藤左千夫
- 宮沢賢治童話集
  - 1 注文の多い料理店　宮沢賢治
  - 2 風の又三郎　宮沢賢治
  - 3 銀河鉄道の夜　宮沢賢治
  - 4 セロひきのゴーシュ　宮沢賢治
- 耳なし芳一・雪女　小泉八雲
- 舞姫　森鷗外
- 次郎物語(上)(下)　下村湖人
- 走れメロス　太宰治
- 怪人二十面相　江戸川乱歩
- 少年探偵団　江戸川乱歩
- 二十四の瞳　壺井栄
- ごんぎつね　新美南吉

ノンフィクション

ほんとうにあった話

- 川は生きている　富山和子
- 道は生きている　富山和子
- 森は生きている　富山和子
- お米は生きている　富山和子
- 海は生きている　富山和子
- 窓ぎわのトットちゃん　黒柳徹子
- トットちゃんとトットちゃんたち　黒柳徹子
- 五体不満足　乙武洋匡
- 白旗の少女　比嘉富子
- 飛べ！千羽づる　手島悠介
- マザー・テレサ　沖守弘
- ピカソ　岡田好惠
- ヘレン・ケラー物語　東多江子
- アンネ・フランク物語　小山内美江子
- サウンド・オブ・ミュージック　谷口由美子
- しっぽをなくしたイルカ　岩貞るみこ
- 命をつなげ！ドクターヘリ　岩貞るみこ
- ハチ公物語　岩貞るみこ
- ゾウのいない動物園　岩貞るみこ
- 青い鳥文庫ができるまで　岩貞るみこ
- もしも病院に犬がいたら　岩貞るみこ
- 読書介助犬オリビア　今西乃子
- しあわせになった捨てねこ　今西乃子／原案　青い鳥文庫／編
- はたらく地雷探知犬　大塚敦子
- タロとジロ 南極で生きぬいた犬　東多江子
- 盲導犬不合格物語　沢田俊子
- 世界一のパンダファミリー　神戸万知
- 海よりも遠く　白石康次郎／原案　和智正喜
- ぼくは「つばめ」のデザイナー　水戸岡鋭治
- ほんとうにあったオリンピックストーリーズ　日本オリンピック・アカデミー／監修
- ほんとうにあった戦争と平和の話　野上暁／監修
- ピアノはともだち 奇跡のピアニスト 辻井伸行の秘密　こうやまのりお
- ウォルト・ディズニー伝記　ビル・スコロン

おもしろい話がいっぱい！

ムーミン シリーズ

- ムーミン谷の彗星　ヤンソン
- たのしいムーミン一家　ヤンソン
- ムーミンパパの思い出　ヤンソン
- ムーミン谷の夏まつり　ヤンソン
- ムーミン谷の冬　ヤンソン
- ムーミン谷の仲間たち　ヤンソン
- ムーミンパパ海へいく　ヤンソン
- ムーミン谷の十一月　ヤンソン
- 小さなトロールと大きな洪水　ヤンソン

- ギリシア神話　遠藤寛子／文
- 聖書物語　旧約編　香山彬子／文
- 聖書物語　新約編　香山彬子／文
- 西遊記　呉　承恩
- アラジンと魔法のランプ　川真田純子／訳

- 三国志（全1巻）　羅　貫中
- 三国志（1）～（7）　小沢章友

- 美女と野獣　七つの美しいお姫さま物語　ボーモン夫人　グリム兄弟　アンデルセン
- 青い鳥　メーテルリンク

赤毛のアン シリーズ

- 赤毛のアン　モンゴメリ
- アンの青春　モンゴメリ
- アンの愛情　モンゴメリ
- アンの幸福　モンゴメリ
- アンの夢の家　モンゴメリ

- ピーター・パンとウェンディ　バリ
- ふしぎの国のアリス　キャロル
- 鏡の国のアリス　キャロル
- リトル プリンセス 小公女　バーネット
- 秘密の花園（1）～（3）　バーネット
- 若草物語　オルコット
- 若草物語（2）夢のお城　オルコット
- 若草物語（3）ジョーの魔法　オルコット
- 若草物語（4）それぞれの赤い糸　オルコット
- 大きな森の小さな家　ワイルダー
- 大草原の小さな家　ワイルダー
- ニルスのふしぎな旅　ラーゲルレーフ
- 長くつしたのピッピ　リンドグレーン

講談社　青い鳥文庫

- あしながおじさん　ウェブスター
- 飛ぶ教室　ケストナー
- 賢者の贈り物　O・ヘンリー
- クリスマス キャロル　ディケンズ
- 名作で読むクリスマス　青い鳥文庫／編
- アルプスの少女ハイジ　スピリ
- 星の王子さま　サン=テグジュペリ
- オズの魔法使い ドロシーとトトの大冒険　バーム
- 名犬ラッシー　ナイト
- フランダースの犬　ウィーダ
- レ・ミゼラブル ああ無情　ユーゴー
- 巌窟王 モンテ=クリスト伯　デュマ
- 三銃士　デュマ

- トム・ソーヤーの冒険　トウェーン
- シートン動物記 おおかみ王ロボ ほか　シートン
- シートン動物記 岩地の王さま ほか　シートン
- シートン動物記 タラク山のくま王 ほか　シートン
- ファーブルの昆虫記　ファーブル
- ガリバー旅行記　スウィフト
- ジャングル・ブック　キプリング
- 十五少年漂流記　ベルヌ
- 海底2万マイル　ベルヌ
- タイムマシン　ウェルズ
- ロスト・ワールド 失われた世界　ドイル
- 宝島　スチーブンソン
- ロビンソン漂流記　デフォー
- ハヤ号セイ川をいく　ピアス
- オリエント急行殺人事件　クリスティ
- ルパン対ホームズ　ルブラン

名探偵ホームズ シリーズ

- 名探偵ホームズ 赤毛組合　ドイル
- 名探偵ホームズ バスカビル家の犬　ドイル
- 名探偵ホームズ まだらのひも　ドイル
- 名探偵ホームズ 消えた花むこ　ドイル
- 名探偵ホームズ 緋色の研究　ドイル
- 名探偵ホームズ 四つの署名　ドイル
- 名探偵ホームズ ぶな屋敷のなぞ　ドイル
- 名探偵ホームズ 最後の事件　ドイル
- 名探偵ホームズ 恐怖の谷　ドイル
- 名探偵ホームズ 三年後の生還　ドイル
- 名探偵ホームズ 囚人船の秘密　ドイル
- 名探偵ホームズ 六つのナポレオン像　ドイル
- 名探偵ホームズ 悪魔の足　ドイル
- 名探偵ホームズ 金縁の鼻めがね　ドイル
- 名探偵ホームズ サセックスの吸血鬼　ドイル
- 名探偵ホームズ 最後のあいさつ　ドイル

「講談社 青い鳥文庫」刊行のことば

太陽と水と土のめぐみをうけて、葉をしげらせ、花をさかせ、実をむすんでいる森。小鳥や、けものや、こん虫たちが、春・夏・秋・冬の生活のリズムに合わせてくらしている森。森には、かぎりない自然の力と、いのちのかがやきがあります。

本の世界も森と同じです。そこには、人間の理想や知恵、夢や楽しさがいっぱいつまっています。

本の森をおとずれると、チルチルとミチルが「青い鳥」を追い求めた旅で、さまざまな体験を得たように、みなさんも思いがけないすばらしい世界にめぐりあえて、心をゆたかにするにちがいありません。

「講談社 青い鳥文庫」は、七十年の歴史を持つ講談社が、一人でも多くの人のために、すぐれた作品をよりすぐり、安い定価でおおくりする本の森です。その一さつ一さつが、みなさんにとって、青い鳥であることをいのって出版していきます。この森が美しいみどりの葉をしげらせ、あざやかな花を開き、明日をになうみなさんの心のふるさととして、大きく育つよう、応援を願っています。

昭和五十五年十一月

講談社